財神門徒

之7

近鄉情怯

劉晉成 著

財神門徒

目錄

第一章 負心漢

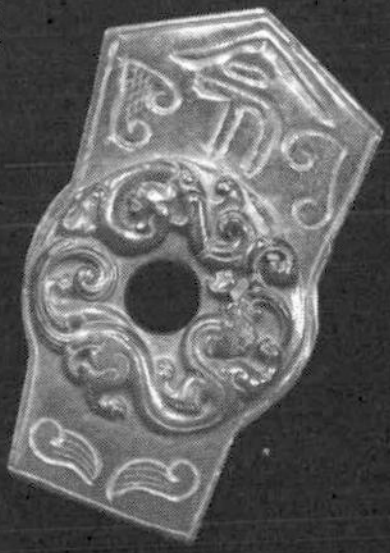

「林東……負心漢……」

蕭蓉蓉嘴裏含糊不清的說著什麼，一遍遍重複林東的名字，手臂勾住林東的脖子，吻了下去，吻過了他的臉，又吻了他的脖子，雙手也未閑著，伸進林東的風衣裏，盡情的撫摸著。

「老三……」

電話接通後，林東發現自己的聲音微微有些顫抖。

「老大，我的車沒油了，你快送點油過來。」

「金河姝找到了嗎？」林東急問道。

「跟我在一起呢。」

林東鬆了口氣，「告訴我你的位置，我現在就過去。」

李庭松道：「這荒郊野外的，我也不知道是哪兒。」

「傻蛋，你不會用手機的ＧＰＳ定位嗎？位置定位好之後發給我，我現在給你搞油去。」

林東翻身下床，迅速的穿好衣服，洗漱過後就出了門。他帶上了瓶子，去加油站裝滿了油，路過肯德基的時候，想到李庭松和金河姝可能還沒吃早飯，停下車去買了個全家桶。

從肯德基出來，收到了李庭松的簡訊，說在一個叫楊家莊的地方。

林東打開手機上的地圖，找到了楊家莊的位置，確定了行車路線，就火速趕往楊家莊去了。楊家莊是溪州市下面鄉鎮的一個村，離市區有百來里路程，林東一路摸索，花了一個多鐘頭才到了那裏。

他老遠就看到了進村那條公路上停了兩輛車，一輛是李庭松的大眾CC，林東是認識的。另一輛是紅色的寶馬Z4，應該是金河姝的。他驅車到了近前，停了下來。

走到Z4的車旁，低頭一看，李庭松和金河姝都在裏面。李庭松端坐在那裏，一動也不動，像個木頭人，生怕弄醒了仍在沉睡的金河姝。林東瞧了瞧車窗玻璃，李庭松轉臉一看，是救星來了。這一動，就把金河姝弄醒了。

「小妹，我老大來了。」

金河姝往車外看了看，見到是林東，臉上神色變幻，不知該如何描述。

「下車吧，我給你們帶吃的來了。」林東亮了亮手裏的全家桶。

李庭松和金河姝昨晚什麼都沒吃，都餓壞了，看到林東手裏拎著的食物，簡直欣喜若狂。二人下了車，就把全家桶從林東手裏搶了過去，狼吞虎嚥，也不管吃相如何難看。

林東則在他們吃東西的時候把李庭松的車加好了油，等他們吃完了，李庭松走到他身邊。

「老三，你們怎麼跑這兒來了？」

李庭松低聲道：

「昨晚我找到她，她說要我陪她哭，那我就陪她哭。她說她要放聲大哭，要去一個空曠安靜的地方，然後我們倆就想到了鄉下，就一路開車到了這裏，早上想回去的時候，我才發現車沒油了。」

林東瞥了一眼，金河姝的臉上還殘留著淚痕，收回目光，低聲問道：「她心情怎麼樣？」

「你聽聽我這嗓子，啞了！昨晚陪她在路邊嚎了一晚上，路過的人都以為鬧鬼呢。我都嚎啞了嗓子，她也好不到哪裏去。不過心情卻是好很多了，她把你跟她講的話告訴了我，老大，你還真是心狠，對那麼個水靈靈的姑娘，你怎麼能狠得下心說那些話？」李庭松有些不解，出於心裏對金河姝的疼愛，對林東傷害金河姝這件事也有些不滿。

林東笑了笑，「老三，我不說那些話，她能放過我嗎？不放過我，怎麼和你交往？你不感謝我也就罷了，還抱怨我。你既然也知道我跟她說了什麼，你只告訴我，那些話有沒有道理？」

李庭松沉默了半晌，點點頭。

「那就行了，我走了，你們倆也別在這待著了，早點回去吧。」

曠野中，風吼雲飛，道路兩旁高大的楊樹搖著光禿禿的樹枝，隨風搖擺。路兩旁的田野中被綠油油的小麥鋪滿，放眼望去，宛如一片綠色的海洋。此時的麥子還未長起來，只有一指多長，抱團的簇擁在一起，抵禦這嚴冬的酷寒。

澄澈蔚藍的天空寧靜而高遠，只是偶爾也會有不協之景，飄過一兩隻白色的塑膠袋。

這就是鄉下的景色，林東走在路上，將這景色收入眼中，彷彿從空氣中聞到了千里之外家鄉的味道。

林東上了車，關上了車門，見金河姝和李庭松站在一起。李庭松正朝他揮手，嚎了一夜的嗓子啞了，聲音十分難聽，不過看上去倒是很開心，站在風裏吼道：「老大，一路順風，謝謝你的全家桶……」

「這小子……」

林東嘿嘿一笑。

明天就要回老家過年了，今晚還要和金鼎投資的員工們一起吃尾牙宴，少不了又要喝酒，先回家把明天要帶回老家的東西收拾一下，免得晚上回來之後喝醉了酒而忘了收拾，耽誤了明天的行程。

到了家裏，把東西全部收拾好，已經是下午三點鐘了。他給林翔打了個電話。

「喂，二飛子，你們兩個今天把店關了，就到我這邊來吧，明天一早我們就出發，趕在中午到家吃午飯。」

林翔也是興奮得不得了，想到要回家，已經幾天沒有睡好覺了，笑道：「東哥，我和強子已經在清點庫存了，弄完了之後就去你那邊。」

「行，你們早點過來，晚上我要去和公司的員工吃飯。五點鐘之前能到嗎？」林東問道。

林翔道：「差不多，我們加快點速度，好了，掛了啊。」

掛了電話不久，又有電話進來了，掏出手機一看，是高倩打來的。

「東，你就快回家了，我今晚想去你家？」高倩嬌聲道。

林東道：「倩，今晚我那兩個弟弟要過來，你要不現在過來吧，我們爭取時間溫存一下。」

高倩有些不悅，「不嘛，我不要那麼趕。對了，要不我們在你家社區附近的賓館開間房吧？」

林東想了想，道：「這樣也好。我家本來就小，就把房間讓給他們吧。晚上我要和員工吃尾牙宴，你先去開好房，我吃完飯就過去。」

高倩道：「好，那你早點結束，不要讓我等太久。」

林東開車到了酒店，剛下車，就接到了高倩的電話。

電話接通，林東找了個無人的角落，笑道：「親愛的，連這一時半刻都等不了了嗎？」

高倩嗔道：「跟你說正經的呢，你的車到了，知道你沒時間，那要不我去幫你提吧？」

「倩，那就麻煩你了。你比我懂車，幫我仔細驗驗車。」

高倩笑道：「包在我身上了，那家店的老闆是我爸爸的朋友，再怎麼說也不會坑我的。」

「林總，你怎麼在這？」

身後傳來穆倩紅的聲音，林東轉身望去，見穆倩紅手裏握著手機，正朝他盈盈走來。

「晚宴就要開始了，大夥都在等你呢。我見你還沒來，打算出來打個電話給你的，本想找個安靜的地方，哪知道你也在這。」

林東笑道：「高倩給我打了個電話。倩紅，時間都過了，咱們趕緊進去吧。」

穆倩紅今晚精心打扮了一番，她的姿色本就是千裏挑一的大美人，在晚禮服的包裝之下，更加顯得豔冠群芳，皮膚細膩如白瓷，身體凹凸有致，曲線玲瓏，鼻樑高挺，加上面部的線條明顯，頗有些歐美明星的風範。

二人一起朝宴會廳走去，穆倩紅走在林東的身旁，當他們出現在宴會廳中之時，一聲聲驚歎不絕於耳。所有人都覺得，這才是郎才女貌，令宴會廳中的男男女女豔羨不已。

金鼎投資公司是林東一手創建的，為之他付出了諸多心血，這裏的每一個員工他都很熟悉，所以不會像在亨通地產昨晚的尾牙宴上那麼拘謹。自成立至今，金鼎投資公司也只有六十人不到，人數上遠遠比不過亨通地產，所以這個宴會廳其實也就是個很大的包廳。

林東今晚喝了不少酒，和每個員工都至少喝了一杯。到了晚上十一點，酒宴結束了，眾人還鬧騰要轉移陣地繼續狂歡，其中帶頭的就是崔廣才。

林東今晚很開心，讓崔廣才帶著員工們去玩，一切費用憑發票到公司報銷。金鼎投資傾注了他的心血，看到金鼎投資有今天這般的成就，他發自內心的高興。

他一個人開著車離開了酒店，連續兩天的超量飲酒，感到頭暈乎乎的，但理智尚存，所以把車開得很慢。

蘇城繁華，每至夜晚，尤為可見。林東緩緩的開著車，以不到三十碼的速度在街上行進，看到街道兩旁燈火輝煌的店面，紅男綠女穿梭往來，有人哭，有人笑。想起自己如今的日子，猛然想起了一年前的這個時候。

去年的這個時候，他還幹著倉庫管理員的那份工作，此時正為回家的路費犯愁。在過年前的兩個月，那時他就開始節衣縮食，攢足了車費，去民工才會去的衣服市場買了一身地攤貨，作為過年的新衣服，從衣服到鞋子，不過才花了一百五十塊。

他還記得，回家的那天，他全身上下只有五百塊錢，但一想到要回家了，心是熱的，拎著大學用了四年的行李箱，踏上了回家的車，興奮得一路都沒睡覺。

林東開著車，腦子裏翻江倒海，盡是前塵往事，不禁自嘲似的笑了笑，沒想到自己的感情竟是那麼的複雜。

路過相約酒吧的時候，他想到了與蕭蓉蓉第一次在這裏鬥酒的情景，時隔多月，如今想來，仍覺得歷歷在目。猛然間，眼前出現一個熟悉的人影，他定睛一看，正是蕭蓉蓉，裹著黑色的風衣，從酒吧裏剛剛走出，被寒風一吹，凍得縮緊了脖子。

身後那又是誰？

林東晃了晃腦袋，努力使自己的意識清醒些，但那人的腦袋一直在蕭蓉蓉身後閃來閃去，就是不讓他看清楚。

他們怎麼了？貌似發生了爭吵。

那人不斷的去抓蕭蓉蓉的胳膊，卻總是被她甩開。林東停下了車，坐在車內，點燃了一支煙，默默的看著酒吧門前發生的事情。和蕭蓉蓉爭吵的那個男人身材魁梧，國字臉，看上去頗有男子的陽剛之美。

即便是看不到那張臉，林東也知道那人是誰，正是他厭惡至極的金河谷。

他為什麼總是纏著蕭蓉蓉？

在酒精的作用下，林東心中騰起了莫名的怒火。

金河谷說道：「蓉蓉，你媽都跟我說了，讓我好好照顧你，你幹嘛總是對我愛理不理的。」

追求蕭蓉蓉的這一個多月，金河谷一直憋著脾氣，不知怎的，今晚蕭蓉蓉主動邀他到相約酒吧喝酒。他起初得到這個消息，高興得簡直要瘋了，他對自己的酒量很自信，心想今晚先把蕭蓉蓉灌醉，然後再帶去酒店開房，到時候無論發生了什麼，他都可以用醉酒之名推脫罪責。

生米煮成熟飯，到時候看她蕭蓉蓉還能怎樣

「金河谷，你滾遠些。」

蕭蓉蓉一甩手，一巴掌掄到了金河谷的臉上，在對方的臉上留下了五指印。她今晚邀金河谷出來喝酒，到同一個酒吧，坐相同的位置，卻怎麼也喝不出和林東那次的感覺。

金河谷的臉上火辣辣的疼，面肌抽搐了幾下，心中怒火騰騰，恨不得立馬上去給她幾個巴掌，但他知已到了關鍵的一步，千萬不能喪失理智。今晚喝酒的時候，金河谷沒想到蕭蓉蓉的酒量那麼好，越喝越心驚，心想還沒把她灌倒，自己說不定就倒了，所以他趁蕭蓉蓉去洗手間的時候，偷偷的取出了隨身攜帶的粉色小瓶，倒了些粉末進去。

那粉色小瓶子裏裝的一種藥叫「貞女亂」，無色無味，藥性十分霸道。

蕭蓉蓉已覺得身體發熱，頭暈乎乎的，只是不知為何會如此。當金河谷再一次扶住抓住她的手臂之時，她想甩開，卻使不出力氣，心底深處不知為何，反而十分期待男人的擁抱。

「蓉蓉，你喝多了，我帶你去休息。」

金河谷單臂圈住蕭蓉蓉的腰，朝車子走去，蕭蓉蓉已無反抗能力，任他帶著。體裏的酒精在作祟，已使林東喪失了清醒時的理智，見到金河谷摟著蕭蓉蓉的腰，一時火冒三丈，推開車門，從車上跳了下來，邁著大步子，幾步就到了金河谷的近前。

「放開她！」

金河谷眼看就要得到心儀已久的女神，放鬆了警惕，根本就沒有察覺到林東已到了他的近前，直到聽到了那一聲怒吼。

他抬起頭，看到雙目通紅的林東，再一看林東步履輕浮，好似風吹吹就要倒了似的，咧嘴陰笑，心想你來得正好，趁你醉酒，好好收拾你。

「林東，識相點，滾蛋。蓉蓉喝醉了，我要送她回家。」

林東站在那裏，酒勁上湧，衝得他頭腦暈乎乎的，站也站不穩，說道：

「這事不勞煩你，我來送蓉蓉回去。」他醉酒之後，身上倒是有了幾分潑皮無賴的特徵。

金河谷笑道：「你滾遠點，蓉蓉現在是我女朋友，不要你管。」

林東哈哈大笑，「你女朋友？她愛的是我，王八羔子，滾開，把蓉蓉給我。」

說完，伸手就過來搶，金河谷擋在蕭蓉蓉身前，就是不讓他碰到蕭蓉蓉。

林東撈了幾把都沒撈到蕭蓉蓉的一片衣角，心裏火了，朝著金河谷的臉上就是一拳。但這一拳無論是速度還是力度，都沒法跟他清醒的時候相比，被金河谷輕輕鬆鬆的避開了。

金河谷早就等著林東動手了，心想這可是你先動粗的，可怨不得我，趁林東立足未穩之際，抬腿朝林東身上踹去一腳，正中林東腹部。這一腳是金河谷蓄勢而為，力量奇大，林東抱著肚子單膝跪在地上，痛得好一會兒都站不起來。

金河谷沒想到林東那麼不經打，心想這小子是真的喝多了，嘿嘿笑道：

「姓林的，你就在這跪著吧，老子消受無邊豔福去了。」他摟著蕭蓉蓉的腰，從林東身邊擦邊而過。

當此之時，跪在地上的林東終於站了起來。

「金河谷！」

金河谷聽到林東的聲音，轉臉望去，只見黑漆漆的鞋底已至面前。他本能的想避開，但那一腳來得太快，避無可避，整張臉結結實實挨了一下，整個人仰面倒了下去，鼻血流得滿臉都是。

金河谷臉上被踹了一腳，後腦又撞到了地面，已昏厥了過去。

林東那一腳力量奇大，足足可以踹倒一頭壯牛，蕭蓉蓉受金河谷牽連，險些也被拉倒在地上，幸好林東眼疾手快，拉住了她。

「蓉蓉……」

他連續叫了幾聲，蕭蓉蓉都未作聲，只是將他抱得緊緊的，發燙發紅的俏臉一直往他的懷裏鑽。

「你的酒量那麼好，不至於喝那麼醉吧？」

林東抱起蕭蓉蓉，往他的車走去，把她放在了副駕駛的座位上，用安全帶把她固定好。林東上車之前看了看倒在地上的金河谷，心裏有些害怕，那一腳那麼狠，不會把他給踹死了吧？看到金河谷動了動，貌似已經開始甦醒了，林東就放心了，開著車一溜煙跑了。

「林東，是你嗎？」

蕭蓉蓉杏眼迷離，面若桃花，側著臉盯著林東微微笑著。林東往前開了不遠，蕭蓉蓉已經解開了安全帶，挪了挪身子，撲進了他的懷裏。

「蓉蓉，別動……我……開車呢，快坐回去，我看不到前面的路了。」

林東騰出一隻手，把躁動不安的蕭蓉蓉按在副駕駛的座位上，心想這總不是個辦法，還是找個地方停了車，等蕭蓉蓉酒醒了些再走也不遲，免得發生事故。林東四下看了看，前面往右轉有個巷子，看上去很暗，也不見有人進出，那兒應該是個好地方。

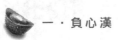

他怕被熟人看到與蕭蓉蓉在車內，如果傳到高倩耳朵裏，那可不得了。

林東往前右轉，把車開進了巷子裏，熄了火，心裏鬆了口氣，這一路上總算是沒出岔子。哪知他心神還未定，蕭蓉蓉就撲了過來，面對面騎在了他的腿上，嘴唇微啟，呼吸急促而淩亂，灼熱的呼吸噴在林東的臉上，令他意亂神迷。

「林東……負心漢……」

蕭蓉蓉嘴裏含糊不清的說著什麼，一遍遍重複林東的名字，手臂勾住林東的脖子，吻了下去，吻過了他的臉，又吻了他的脖子，雙手也未閑著，伸進林東的風衣裏，盡情的撫摸著。

「貞女亂」的藥效完全發揮了出來

「蓉蓉……你不要這樣，你……放開我……」

林東的聲音越來越微弱，任何一個正常的男人，也抵禦不了這般的誘惑。

他的手熱了，不安分起來，遊蛇般進入了蕭蓉蓉的風衣內，靈巧的解開了她背後乳罩的扣子，迅速的繞到前方，捂住了那一對顫動的乳球。

蕭蓉蓉伸手到了林東腹下，解開了他的皮帶，胯下的巨龍早已昂首挺立。借著巷子裏微弱的燈光，她看見了前所未見過的醜惡東西，但此刻卻是無比的喜愛，簡直是愛不釋手。

林東本來就有五分醉意，在她的動作下，已完全喪失了理智，一雙手順著她纖細光滑的腰肢往下滑，褪去了阻礙他倆零距離接觸的衣物。

「啊——」

蕭蓉蓉螓首向上挺立，伴隨著下身撕裂的痛苦傳來，秀目中落下了兩行清淚。

「蓉蓉，我對不起你，不該對你那樣。」

「貞女亂」的藥效過後，蕭蓉蓉恢復了神智，此刻，目光呆滯的看著前方，臉上還掛著兩行淚痕。

「不怪你，我今晚並沒有喝多少，一定是金河谷在我的酒裏做了手腳。」蕭蓉蓉邊說邊抹淚，語帶悲戚。

林東看到褲子上的點點落紅，心中說不出是什麼滋味。

「畢竟是我……」

「別說了。」

蕭蓉蓉歇斯底里的怒吼一句，推開車門，忍著下身的疼痛，跑遠了。林東發動車子追去，慢了一步，看到她已上了計程車。

他猛然想起剛才的事，心裏想著要不要給她發條簡訊提醒她避孕，往前開了一會兒，心裏明白蕭蓉蓉此刻心裏一定很亂，但為了不給她造成更大的傷害，林東還是發了一條簡訊給她，發送出去之後，他就刪除了手機裏的那條資訊。

蕭蓉蓉坐在計程車內，看到了那條簡訊，含淚刪除了。

「如果有天意，那麼我一定會遵從天意。」蕭蓉蓉咬緊牙關，無聲飲泣，淚水噴湧而出，模糊了視線，模糊了世界。

第二章 衣錦還鄉

柳大海點了一根菸，又灌了半斤白酒，仍是覺得心裏不痛快。
當初為了能攀上鎮裏副鎮長這門親，他解除了柳枝兒和林東的婚約，
那時候林東大學剛畢業，賺的錢都不夠養活自己，
他也沒料到這才短短一年，這小子就出了天大的息了。

林東開車沒有直接去賓館，而是先回了家。到了家裏，林翔和劉強還在喝酒，見林東回來了，拉著他一塊喝。

「東哥，快來喝點暖暖身子。」

林東擺擺手，「我還有事，回來換件衣服就得走。」

他到房間裏換了身衣服，盯著褲子上的落紅看了許久，歎了一聲，將一應衣物全部丟進了洗衣機裏。

「東哥，真不喝點啊？」林翔追問道。

林東往門外走去，「你倆早點休息，明天早上五點鐘起床，六點鐘出發，大概一點鐘就能到家，說不定還趕得上吃午飯。」

林翔和劉強聽了這話，都不打算喝了。

「東哥，放心吧，我們不喝了，馬上就睡覺。明天早飯你不要買，今天還剩下點菜，明天煮麵條正好。」

離他家社區不到五百米有一家四星級的酒店，林東到了那裏，問前台有沒有一個叫高倩的登記開了房。前台查了一下，告訴他並沒有這個人來開房。林東心想奇怪啊，都快十二點了，怎麼高倩還沒過來？

猛然想起高倩說去提車的，難不成出了岔子？

林東趕緊給高倩打了個電話，電話響了老半天才接通。

「倩，你人在哪裏呢？」

高倩道：「我還在渡口，船靠岸晚點了，害我白白等了三個多小時。」

林東一顆心放了下來，高倩沒事就好，「行，倩，我現在過去找你，到時候咱倆一人一輛車，倒也可以回來。」

高倩喜道：「好啊好啊，船已經靠岸了，正在卸貨，估計很快就能拿到車子了，你別太趕，路上開車小心。」

林東掛了電話，急忙跑出酒店，開車往碼頭去了。

深夜路上車少，他開得很快，四十幾分鐘就趕到了碼頭。

林東在碼頭附近的一個倉庫裏和高倩會合了，和高倩在一起的是一個四十歲左右的中年男人，中等身材，豹眼獅鼻，模樣看上去頗為嚇人，不過目光卻透著生意人特有的和善。

「馬叔叔，介紹一下，這是我男朋友林東。林東，這是我爸爸的好朋友，馬叔叔。」高倩介紹道。

高倩口中的這個「馬叔叔」叫馬行風，早年是蘇城地界上出了名的狠絕，是高五爺麾下頭號厲害的人物，後來高五爺改邪歸正，做起了正行生意，手下那幫有本事的也自立門戶，不再過問江湖中事，只顧埋頭賺錢。馬行風相貌雖然粗獷，但頗有經商的頭腦，幾年不到，就闖出了一番天地，搖身一變，成為眾人口中的馬老闆。

「馬叔叔你好。」林東伸出手，笑道。

馬行風和林東握了握手，「林兄弟的名字我早有耳聞，我看過你上電視的節目，剛才還在跟倩倩討論你的投資公司呢，我很感興趣啊，等過完年，去你公司看看有沒有適合我投資的項目。」

林東笑道：「那自然萬分歡迎。」

高倩嘟嘴道：「馬叔叔，你剛才叫他『林兄弟』，輩分搞錯啦。」

馬行風這才意識到自己一時口誤，拍拍腦袋，哈哈笑道：「哎呀，你看我這腦子。」

三人哈哈一笑。

馬行空道：「車子到了，咱去看看吧。」說著，領著林東和高倩往裏面走去。

那車子是被一個很大的紙盒子包住的，馬行空讓手下打開紙盒子，笑道：「小林、倩倩，你們去驗車吧。」

林東歉然一笑，「馬叔叔，真是不好意思，那麼晚了還讓你陪我們。」

馬行空哈哈一笑，「不礙事，倩倩是我看著長大的，我疼得跟自己女兒一般無二。小林，日後你跟倩倩結婚了，我必添一份大嫁妝給你。」

「那我就先謝謝馬叔叔了。」林東笑道。

高倩已經走到了車旁，開始驗車。她對車頗有研究，從十幾歲就開始玩車，知道新車到手之後怎麼驗車。她在車庫裏開了一圈，把鑰匙丟給林東，「東，車沒問題，正宗的德國原裝進口車。」

林東上去感受了一番，操控性非常棒，動力十足，與Ｑ７想必最大的感受就是非常舒適，果然是商務車之中的王者。他也在倉庫裏開了一圈，對新車愛不釋手。

「怎麼樣，車沒問題吧？」馬行風見林東下了車，笑問道。

「太棒了。」林東贊道。

高倩道：「馬叔叔，那我們就把車開回去了，今晚上麻煩你了。」

馬行風摸摸高倩的腦袋，「倩倩，路上慢點開車，回家代我向五爺問好。」

高倩和林東告別馬行風，一人一輛車離開了碼頭。林東開著新車，高倩則開著林東開來的路虎攬勝。因為林東今天晚上在路虎那輛車裏和蕭蓉蓉發生了激烈的肉搏，為了不留下蛛絲馬跡，所以來此之前，林東將車裏好好打掃了一番，確信連一根女人的毛髮都沒有，這才敢把車交給高倩開。

二人開車到了林東家附近的酒店，登記入住，到了房間，已經將近兩點了。

高倩抱著林東，「東，今晚我們就不要愛愛了吧，太晚了，你明天還要起早開車回家，不能太疲憊了。」

林東心中大受感動，笑道：「沒事的，你男人的身體很棒，累一點沒什麼的。」說著，扒光了高倩的衣服，也脫掉了自己的衣褲，抱著赤身露體的高倩進了浴室，二人從浴缸裏開始激戰，轉而到了床上，折騰到將近四點鐘，這才完事。

激情過後，疲憊無力的高倩躺在林東懷裏，摸到他貼在胸膛上的玉片，問道：「東，你這個東西是哪來的？為什麼你每天貼身帶著，摸上去還那麼冷？它應該和你的體溫保持一致才對啊。」

高倩不止一次摸到過這個東西，在她看來，那塊玉片既不美觀也不名貴，而且掛在胸前顯得非常的大，不過發現玉片的不同尋常，卻是最近的事情。即便是在林東穿著衣服的時候，她伸手進去摸，這塊玉片也如冰塊一般寒冷。

林東被她那麼一問，不知如何作答，笑道：「這就是垃圾貨色，以前在地攤上買的，至於為什麼那麼冷，我也不知道。」

「帶著一塊捂不熱的石頭幹嘛？不如把它扔了，我給你買一塊比它好看比它名貴的給你，好不好？」高倩說著，就要把玉片從林東的脖子上拿下來。

林東心知這塊玉片是塊寶物，急忙抓住了高倩的手，說道：「倩，你別摘它，我帶了很久了，有了感情。正如人們所說的糟糠之妻不可棄，對這件東西有感情了，我離不開它。」

高倩一聽，也就不去摘了，道：「只要你不嫌這東西冷，你就掛著吧。」

「好了，趕緊睡吧，我還有一個鐘頭就得起來了。」

二人互道了晚安，都很疲憊，很快就進入了夢想。睡著之後，林東就開始做夢，夢到金河谷，夢到蕭蓉蓉，夢到今天晚上在黑暗的巷子裏，與蕭蓉蓉發生的激烈的肉搏。

在他心裏，他不得不承認是喜歡蕭蓉蓉的，本已狠了心對她絕情，但就是那麼機緣巧合，讓他在醉酒的情況下看到了金河谷摟著她，從而沖冠一怒為紅顏，從金河谷手中搶走了蕭蓉蓉。但若不是今晚的巧合，蕭蓉蓉就落入了金河谷那個卑鄙的小人手裏。他是萬萬不能接受蕭蓉蓉被金河谷那樣的畜生玷污的。所以，在他內心深處，林東慶幸今晚遇到了蕭蓉蓉。

凌晨五點，林東放在床頭的手機響了，是鬧鈴的聲音，他睜開眼，立馬起身。奇怪的是，一點也不覺得疲憊，也不知是玉片的原因還是歸心似箭的緣故。高倩也被鬧鈴聲吵醒了，她知道林東要走了，雖然極為疲憊，但仍是起來穿上了衣服，打算送林東一程。

「倩，你繼續睡吧。」林東看到高倩醒了，說道。

高倩道：「不睡了，等送你走之後再回來補覺。」

林東也沒多說什麼，在房間裏洗漱完畢，就和高倩出了房間。林東開著嶄新的賓士S600到了家裏，劉強和林翔也已經起來了，煮好了麵條，就等林東回來吃早飯。

他倆看到高倩也來了，連忙過來打招呼。

「嫂子也來啦，嫂子快請坐，我去給你盛碗麵條。」

吃完早飯之後，三個男人開始往車上搬運東西。東西很多，光高倩買給林東父母的禮物就裝了半個後車箱，加上幾個人的行李箱，後車箱就裝滿了，只好又在車廂裏放了些東西。

早上六點，收拾完畢。

林東把車開到社區門口，忽然停了下來，下車往回跑去，路上看到了孤獨前行的高倩。

「東，是不是忘拿了什麼東西？」高倩見林東去而複返，問道。

林東搖搖頭，「是我忘了做一件事情。」

「什麼事？」

高倩還沒反應過來，已被林東擁入了懷中，瘋狂的親吻在一起，直到兩個人都無法呼吸。

「事情做完了，你該走了。」高倩臉上掛著滿足的神情，林東的去而複返，對她而言絕對是一個莫大的驚喜。還有什麼能比感受到心愛之人對自己濃濃的愛而令人滿足的呢？

十幾天的時間，對於幾十年的漫長的人生來說只不過是一瞬，但對於熱戀中的情人來說，卻是漫長的分離。她與林東自從戀愛以來，從來還未經過那麼久的分離。高倩真有種想開車追上林東跟他一起回懷城老家的衝動。

早上六點鐘，市區的車子還少，林東漸漸熟悉了這輛新車的性能，開的速度越來越快，半個多小時，就出了城，開始往高速上駛去。

「嘿，東哥，你這車太牛掰了，還有冰箱呢。」林翔像是發現了新大陸，興奮的道，「那夏天的時候，放點汽水或者是啤酒進去冰冰，那多方便。」

林東笑了笑。

「東哥，這車多少錢，等過幾年我手頭寬裕了，我也弄一輛去。」林翔追問道。

「兩百多萬。」林東簡短的答道。

「啊，那麼貴！」林翔倒吸了一口涼氣，放棄了買這車的打算。

劉強笑道：「二飛子，你眼瞎啊，沒見到車上那麼大一個賓士的標誌嗎？我跟你說，這是賓士車裏的S系列，都貴著呢。」劉強在外面闖蕩過，見過的市面要比林翔多一些，知道林東這車不僅是賓士S系列，而且是S系列中最高級的車。

這車的減震系統非常的好，即便是路上有顛簸，坐在車裏的人也基本感覺不到。等上了高速，林東就拉起了速度，任憑大奔在高速上狂奔。車外風聲呼嘯，但車內卻非常安靜。

「東哥，有歌嗎？放點歌聽聽。」林翔道。

林東怕路上開車犯睏，就帶了幾張碟子，都是非常提神的勁爆型的音樂，塞了一張進去，打開音響。車內自帶的音響一點也不輸給專業的音響設備，對於聆聽者來說，這簡直就是耳朵的享受，一場真正的音樂盛宴。

林翔坐在後排，隨著音樂搖頭擺尾，忘我的陶醉在勁爆的音樂聲中。

蘇城與林東的老家懷城之間相隔八九百公里，每逢年關，由南往北返鄉過年的人就特別多。林東開車一路走來，高速上由南向北的車道車輛非常之多，而由北向南的車道上車流量要小很多。

車外樹影倒飛如電，近鄉情更怯，自從上了縣城通往大廟子鎮這條公路，就連一向嘰嘰喳喳說個不停的林翔也閉了嘴，默默的看著窗外一個個熟悉的村莊。他們祖祖輩輩生活在這片土地上，繁衍多代，親戚朋友遍佈懷城縣境內，其中許多人就是住在路旁的這些個村莊內。

林東開車走在鎮中心的街道上，不時見有人指著他的車說說道道。向西行去，七八分鐘就出了鎮子，前面是一條岔路。自打進了大廟子鎮，林翔幾次欲言又止，剛才車子經過柳枝兒家門口時，他險些就讓林東停下車去看看他的柳枝姐了。

「東哥，走左邊的那條路？」林翔見到了岔路口，急忙說道。

「左邊？那不是往朱家嶺去的嗎？」林東停下了車，問道，如果去柳林莊的話，應該走右邊的路。

林翔解釋道：「東哥，你還不知道吧，進咱們村的那座橋塌了有半年了，鎮裏一直沒給修。眼下是冬天，河裏應該沒水了，咱要是光人一個，那自然沒有橋也可以過去，但是你這車怎麼辦？」

「橋……塌了？」林東腦子裏久久迴盪著林翔的話，記憶中的水泥板鋪就的老橋沒了，一時間，回憶如潮水般湧來，那座橋承載了太多他的童年樂趣。他還記得，小的時候，每逢暑假，村前的大河裏總是滿滿的一河的水，他站在橋上，和小夥伴們一起往河裏跳，然後再游上來，爬到橋上，再跳下去……

老橋沒了，記憶中的老橋還在，這就夠了。

林東往左打方向盤，往朱家嶺的方向去了。朱家嶺離劉強他們家所在的小劉莊比較近，所以林東決定順道把劉強送到家。車子從朱家嶺旁邊的土路駛過，直奔小劉莊去了。進了小劉莊，不時的有殺豬的聲音傳入耳中，濃濃的年味已經籠罩了這片村莊。

林東一直開車把劉強送到家門前，左鄰右舍的鄰居們發現老劉家的門口停了這麼一輛車，奔相走告，紛紛跑過來圍觀。

劉強的父母聽到門外車子的聲音，好奇的走出門看看，發現黑色的小轎車就在自己家的門前停了下來。車剛停穩，劉強就急不可耐的下了車，一眼就看到了走出院門的父母。

「爸、媽，我回來了……」

「強子……」劉父劉母還沒反應過來，又見林東和林翔都下了車。

「劉叔、劉嬸。」林東走上前去，給劉父遞上了一根香煙。

劉父伸出顫巍巍的老手，從林東手裏接過香煙，他就聽兒子說過林東現在發財了，猛一看見，差點沒認出來，看來人有錢了之後，模樣還真是會變。

「東子，吃了沒？」劉父呵呵笑問道。

「哎呀老頭子，趕緊把東子和二飛子請進家裏來，這幾個孩子一定著急趕路，都還沒吃午飯了。」劉母說完，已經跑回家中熱菜去了。

「東子、二飛子，你倆都不是啥外人，也別客氣，就在你叔家吃口飯，走，屋裏坐吧。」劉父說著就招呼林東和林翔往裏走。

林東連忙道：「劉叔，我爸媽也在家等我呢，改天我再來吧，我這就得走了。」

「是啊劉大爺，我媽也在等我回家吃飯呢。」林翔也說道。

劉父吸了口煙，笑道：「你們的心情我能理解，不是你劉叔小氣，這就不留你們了，趕緊回家吧。」

幫劉強把他的東西從車裏拿出來，林東和林翔就上了車，揮揮手，和劉家父子作別，開著車走了。左鄰右舍有熟悉林家的，一問劉強，才知道那開車的小夥子就是老林的兒子。

「哎呀，老林兒子出息了，老林家的好日子來嘍……」

村民們議論了一會兒，就全都湧進了劉強的家裏，看看劉強有沒有從大城市裏帶回來什麼新奇的玩意兒。

出了小劉莊，轉了幾個彎，就進入了柳林莊的地界。還沒進村，就看到了那一大片的柳林。時處寒冬，柳樹全都是光禿禿的，如果到了春天，柳樹抽芽的時候，那一眼望去，絕對是大廟子鎮首屈一指的美景。

鄉間土路的兩旁是大片的農田，過了土路，就進了村。這裏的家家戶戶，都是車上兩人再熟悉不過的鄉親了。林翔家離村口不遠，到了林翔家的門前，林東停下了車子。

林翔的哥哥林飛率先從屋裏跑了出來，這傢伙長得又高又壯，看上去比他弟弟魁梧太多。

「阿東，你小子厲害了，都開上賓士了！」

「飛哥，幫幫忙，二飛子帶了一大堆東西回來，幫忙往家裏拿。」林東打開後車箱，林翔的父母也從家裏出來了。

老倆口見到了林東，就像是見到了恩人，林翔能有今天，他們知道，全靠著林東這個族內侄兒的提攜。

「三叔、三嬸。」林東見了林翔的父母，上前打招呼，抽了根煙遞給林翔的父親。

林翔的父親叫林光，兄弟三個，排行老三。

「東子，抽我的，別嫌三叔的煙差。」林光見林東遞煙過來，趕緊也把煙掏了出來，遞給林東。

林東擺擺手，「三叔，別客氣，抽我的，哪有剛回來就抽長輩煙的道理。」

林光推辭了一番也就接了下來，側身請林東進屋，「東子，家裏坐吧，喝口水再回家也不遲。」

林東道：「三叔，我現在就得家去了，我爹媽還等我吃午飯呢。」

林翔道：「爸，你趕緊讓東哥回家吧，大伯大媽都在家裏盼著他呢。」

林光也就不再請林東進屋裏，揮揮手，「東子，那你就趕緊回家吧。」

林東告別林光父子，開車回家去了。他家與林翔家隔了十幾戶人家。柳林莊大多數人家都是瓦房，只有村中間有一棟兩層的樓房，那是村支書柳大海家的房子。

林東路過柳大海家門前時，不知不覺中放緩了車速，忍不住往柳大海家的門內看了一眼，除了柳大海家門口拴著的大黑狗，他什麼也沒看到。

他家在村子的東頭，三間小瓦房還是父母結婚之前林東的爺爺出錢給建造的，如今早已破舊不堪。柳林莊三百多戶人家裏，其他戶人家的房子早已翻建過了，只有他家還住在那種小瓦房中。

臨近家門，林東莫名的辛酸起來，他也算是衣錦還鄉了，本應該高高興興的，但想起以前家裏日子的艱難，卻半點也高興不起來。父母含辛茹苦十幾年供他上學，一直供他讀完大學，家裏收入微薄，欠下了許多外債。

讀書的時候，每到寒假在家，快過年的時候，父母都會為從哪弄錢還清欠別人家的錢而犯愁。林父知道親戚們也不富裕，所以無論如何，他總會在過年之前還清欠款。所以每年過年，他家都會把養了一年的肥豬賣掉，而不是如別人家那般宰一頭肥豬過年吃，這樣還遠遠不夠，還要賣掉家裏囤積的大部分糧食，這樣才能還清欠款。

林母去集市買點簡單的年貨，主要是魚肉之類的，一家人吃幾頓好吃的，就算是過年了。

家裏這邊前天下了雨，今天太陽很好，門前的凍土都化開了，林東的新車碾過之處，留下了深深的輪胎印子。嶄新的賓士車不一會兒就滿身都是爛泥，看上去十分礙眼。

林東坐在車內，深深吸了幾口氣，把因回憶而引起的傷感情緒驅散掉，甩甩頭，抹了抹眼角，對著內後視鏡咧嘴笑了笑，對鏡子裏的自個兒道：「苦日子都過去了，你還有什麼可難過的？」

他揉了揉眼睛，眼前的世界清晰了起來，看到了站在家門前翹首期待的母親，身上依舊穿著那件陪伴她度過五六個冬天的老棉襖。

車子停在家門前，林母久久未敢上前，站在離車子幾步遠的地方，朝車裏怯生生的問道：「是……東子嗎？」

林東推門下了車，聽到母親的聲音，眼睛已濕潤了，像個孩子一樣，上前抱住了母親，強忍著目中打轉的淚珠。

「媽，兒子回來了。」

林母哭了，擦了擦眼角，「東子，讓媽好好看看。」

林東放開母親，往後退了一步，以前在外上學的時候，每次回家，母親總是要好好端詳他一番。

「東子，你怎麼還是那麼瘦？」

林東拉著母親往家裏走，他知道母親是擔心他在外面吃不好，就說道：「媽，我就是吃不胖，你放心吧，我在外頭吃的好著呢，每餐都有肉。」

林母摸著兒子的手掌，母親雖然還不到五十歲，但手掌卻已佈滿厚厚的老繭，粗糙乾燥，林東忍不住一陣心疼。

林東進了熟悉的小瓦房內，環顧了一下四壁，牆上糊的石灰剝落了，露出牆內的黃土來，堂屋的正中央放著的那張桌子已不知用了多少年，屋裏還是那些傢俱，時隔一年，這個家一點變化都沒有。唯一的變化，就是母親頭上的白髮更多了，臉上的皺紋更深了。

「媽，爸呢？」林東沒看到父親，問道。

林母一邊給林東張羅飯菜，一邊道：「你爸現在從早忙到晚，這眼看就快過年了，村子裏還有許多豬等著他殺呢。」

林母做了幾個林東愛吃的菜，有乾豆角燒雞公、大白菜燴肉，還有林東最愛吃的白煮鯽魚。端上桌之後，香噴噴的菜香就散開了，相當的誘人，林東這才覺得肚子是真的餓了。

「媽，你也還沒吃吧，坐下來吃飯吧。」林東拉著母親坐下，端起一碗米飯，開始狼吞虎嚥起來。一年沒有吃到母親做的飯菜了，味道依舊是那麼的熟悉。

林母看兒子吃的那麼開心，自己心裏也是熱烘烘的一片，依舊像從前那般叮囑兒子，「東子，餓壞了吧，慢點吃，別噎著了。」

林東嘴裏塞得滿滿的，面前已吐了一堆雞骨頭。林母把他的飯碗拿了過來，端起盛魚的大碗公往他的飯碗裏倒了些魚湯，然後拌了拌，放到林東面前。

林東看到母親的舉動，心中溫熱一片，母親還記得他最愛吃鯽魚湯泡飯。他端起飯碗，大口大口的往嘴裏扒拉米飯，越吃越香。

一直等到林東吃飽了，林母才開始動筷子。林東張開嘴想說什麼，但又咽了回去，這是母親幾十年的習慣了，但凡有好東西，總是等到兒子吃完再吃。

林東站了起來，笑道：「媽，我去把車裏的東西拿進屋，你慢慢吃。」說完，就朝院子外面走去。

這會兒，門口已經聚集了不少小孩，自打林東開著車進了村，這幫小屁孩就一直跟在後面。他們只在電視上見過那麼漂亮的汽車，這還是頭一回見到真傢伙。一年沒回家，這些小娃娃們長得極快，有幾個林東都想不起來叫什麼了。

他準備了好些零食，就是為了應付這幫小鬼的。

他從後車箱裏拎出一大包零食，嘴裏叫道：「來來來，都過來吃東西了。」但是卻沒有一個孩子上前來拿，林東從他們的眼神中看出來這幫娃娃們認生了。

林東指了指娃娃堆裏個子最高的男孩，問道：「你是林晨吧？還認不認識我？」

林晨點點頭，「認識，你是大伯家東子哥。」

林東招招手，「林晨，過來，這裏你最大，幫哥把這些東西分給你的小夥伴們，好不好？」

林晨睜大眼睛看著林東，慢慢的將眼前的這個男人跟以前的那個「東子哥」聯繫在了一起，他還記得，小的時候，經常跟那時還在上高中的東子哥一起去釣魚呢。

「東子哥，我幫你。」林晨不認生了，笑嘻嘻的跑到前面，他一動，其他的娃娃們也動了，都跑了過來，林東手裏的一大袋子零食很快就發完了。拿到零食的娃娃們還捨不得走，都圍在林東的車前左看右看，有的還趴在車窗上睜大眼睛想看清楚裏面是什麼樣。

林東索性將車門打開，邀請一幫孩童們到車內參觀。左右的鄰居都到了林東家的門前，林東早有準備，將從蘇城帶回來的那些禮物，一一分給左鄰右舍。期間不斷的有人來林家串門，一直到了天色黑了，眾人才散盡。

柳林莊有一半人家姓林，剩下的那一半姓柳。因為柳大海是村支書的緣故，姓柳的這一脈一直在柳林莊比較強勢，這些年一直壓制著林姓家族。林東衣錦還鄉，給林姓族人長了不少臉面，族人們覺得他們林姓家族中出了大人物，以後在村裏再也不用覺得低姓柳的一等了。

有些與林家交好的姓柳的人家下午也來了幾戶，他們也都收下了林東的禮物。柳大海的弟弟柳大河的媳婦張翠花下午來過了，直到天上了黑影，這才拎著禮物回到家裏。

柳大河一個下午都在小劉莊賭錢，回家之後發現老婆不在，大為惱火，見張翠花進了門，冷臉問道：「你跑哪兒去了？飯也不知道做，餓得老子前胸貼後背了」

張翠花知道她男人的德性，也不生氣，進了屋，把手裏拎的東西往桌上一放。

柳大河眼尖，跑過來一瞅，袋子裏有一條煙，還有些他不認識的乾果，急忙問道：「老婆子，這東西是從哪兒來的？」

張翠花道：「林老大家的東子回來了，這是他給的，那條煙是給你的，乾果是給孩子們吃的。」

「東子？」柳大河想起這個險些做了他侄女婿的大學生，「聽說這小子發大財了，看來傳言不假。」

張翠花以前在大城市裏打過工，見過一些市面，冷笑道：「大河，這回你哥要傻眼了。我告訴你，東子是開著賓士車回來的，那車值好幾百萬，以前我在城裏打工的那個廠的老闆就是開的那種車。」

「好幾百萬！」柳大河驚得說不出話來，他這一輩子手裏最多也就有一萬塊錢存款，很難想像好幾百萬是什麼概念。柳大河開了桌上的那條煙，摸了一包，就往門外走。

張翠花跟在後面問道：「老頭子，那麼晚你去哪兒，不吃飯啦？」

「你先做上，等我回來再吃。」柳大河頭也不回，出了門，就往他哥柳大海家去了。

到了那兒，柳大海正和老婆兒子在吃飯，見柳大河走進堂屋，對兒子柳根子道：「根子，給你二叔端張凳子。」

「哥，吃著呢。」柳大河瞧了一眼桌上的三菜一湯，咽了口口水，笑瞇瞇的接過侄兒端來的凳子，坐了下來。

柳大海問道：「老二，看你樣子還沒吃吧，沒啥菜，坐下來吃吧。」

柳大海是柳林莊的首席富戶，他們家的餐桌上永遠不會少於三個菜，而且餐餐必有葷菜。不過看樣子這柳林莊第一富戶的頭銜已經不屬於他了，柳大河認為，林家現在才是柳林莊的第一富戶，甚至是懷城縣的第一富戶，他沒敢往更大的地方想。

柳大河也不客氣，就在他哥家的飯桌上吃了起來，兄弟倆喝了點小酒，柳大河打開了那包新煙，給他哥送去一根。

柳大海放到鼻子前面一聞，眼睛忽然間睜得老大，盯著柳大河的眼，問道：「老二，你這煙不是你自個兒買的吧？」他知道這煙叫「中華」，有一次縣裏領導人來他們村視察農忙工作的時候，縣長的秘書曾經給了他一根。只那一次，他就記住了那煙的味道。

柳大河嘿嘿笑了笑，說道：「哥，你猜對了，別人送的，但我說出來是誰送的，你可別生氣。」

「別人送你煙我生哪門子的氣，快說。」柳大海在柳林莊當慣了領導，對待家人也是一副領導的樣子。

柳大河道：「是林老大他兒子給的。」他繞了個彎子，沒有直接說出林東的名字。

「林東？他回來了？」柳大海面帶詫異之色。

柳大河知道他哥哥愛裝，林東回來全村都轟動了，他就不信柳大海不知道。

「哥，東子回來了，他小子出息了，翠花去他家溜門子，林東給了她一袋子東西，看樣子可都是值錢的好東西，裏面就有一條這煙。好東西我不敢獨享，特意給你送來一包。」柳大河說完，把那包煙放在了柳大海面前。

柳大海早知道林東回來了，但他一直沒有去，也不准家裏人去。村裏人都知道他家和林家的那一段事情，所以也沒有誰缺腦子來跟他們家講林東現在多風光，因而柳大海至今只知道差點就是他女婿的林東出息了，但並不知道林東出了多大的息。

柳大海放下筷子，黝黑的面皮更加黑了，繃著臉，「老二，你是故意的吧？把你的煙收回去，我不要。不就是中華嘛，你哥都抽膩了！」

柳大河連忙擺手，「哥，你真是誤會我了，我是來向你彙報情況的。」柳大河是柳大海的一隻眼，村裏一有什麼風吹草動，立馬會找他哥彙報，小到連誰家丟了一隻雞，都會鄭重其事的跟柳大海說。

「你是想告訴我，林東現在有多出息，是不是？」柳大海冷臉問道。

柳大河點點頭，「哥，我下午在小劉莊打麻將，所以也沒看見具體情況，聽翠花說，林東是開著車回來的，好車，牌子叫賓士，值好幾百萬。」

柳大海的老婆孫桂芳歎了口氣，離開了飯桌。十四歲的小兒子柳根子拉住她的衣角，說道：「媽，你帶我去看看林大伯家的車吧，下午爸爸不讓我出去，林晨他們都看到了，還坐上去了呢。媽，你快帶我去吧……」

「不許去！」

柳大海一拍飯桌，震得筷子從碗上掉了下來。柳大海老來得子，對柳根子十分溺愛，還從未向兒子發過那麼大的脾氣。

孫桂芳想到女兒柳枝兒如今的生活，背過身去抹了抹眼淚，拉著小兒子進了裏屋，心想如果當初他們家沒有悔婚，林東就是她的女婿了，有個那麼有錢的女婿是多麼令人驕傲的事啊。在孫桂芳的心裏，林東有多少錢都是次要的，女兒的幸福才是最重要的。

「唉，我可憐的枝兒沒那個福氣啊……」孫桂芳坐在床邊上長吁短歎，不停的抹淚。

柳大河向柳大海彙報完情況，肚子也吃飽了，抹了抹油嘴，就離開了他哥的家，走時把那包煙擱在了他哥家飯桌上。

柳大海點了一根，抽了一口，一個人又灌了半斤白酒，仍是覺得心裏不痛快。當初為了能攀上鎮裏副鎮長這門親，他解除了柳枝兒和林東的婚約，那時候林東大學剛畢業，賺的錢都不夠養活自己，他也沒料到這才短短一年，這小子就出了天大的息了。

柳大海嘴裏叼著煙，披上軍大衣，往門外走去。

到六點鐘了，天已完全黑了，林父還是沒有回來。林母已經做好了飯菜，把菜端上了桌，笑道：「東子，別等你爸了，你先吃吧。」

林東笑道：「媽，下午三點多才吃飯，我不餓，還是等爸回來一起吃吧。我去找找爸。」

林母道：「不用去找，昨天有十幾戶人家請他去殺豬，我看不到八點鐘，他今晚是忙不完的。」

林東小時候最喜歡看殺豬了，因為村裏挨家挨戶都殺豬的時候，那就是快過年了，預示著將會有好東西吃了，不知怎地，忽然想再去看看殺豬，就往門外走，邊走邊說道：「媽，我去找找，順便在村裏溜溜。」

林母追了出來，把手電筒揣到他手裏，「帶上這個，村裏晚上路黑，可別踩到誰家的陰溝裏。」

第三章

舊日情人的遭遇

王東來冷笑著走到柳枝兒身邊，一把摟住柳枝兒的細腰，陰惻惻的道：

「怎麼，見了老情人走不動路了？」

他咬牙切齒，面目猙獰，狠狠的在柳枝兒的腰上擰了一把。

柳枝兒見林東還未走遠，害怕被他聽見聲音，也不敢出聲，只能忍著疼痛，任憑變態的丈夫如何折磨她，眼淚如斷了線的珠簾似的，一顆顆滾落。

林東家住在村東頭，他手裏拿著手電筒走到門口，風裏傳來豬的慘叫聲，循聲定位，估計他爸應該在後面那排村子的西頭，拾起腳步，往村子西頭走去。此刻天已黑透，除了各家各戶屋裏有些亮光，院門前的土路上都是黑漆漆的一片。

地上的爛泥都已結冰了，踩在上面硬梆梆的。雖然一年沒回來，但村子裏並沒有什麼變化，門前的這條路還是和以前那樣，冬天的時候，一出太陽就泥濘難行，但一到晚上，卻又凍得跟石頭似的硬。走在這條熟悉的土路上，他壓根就無需借助手電筒的光亮，所以林母拿給他的手電筒一直握在手裏，也沒打開，就這樣在黑暗中前行。

走到村子中段，眼見前方似乎有個人影，還有一點火光。

林東走近一看，原來是到了柳大海家的門前，那黑影正是他曾經無比恨過的村支書柳大海。柳大海嘴裏叼著煙，也瞧見了他。

林東走上前去，先開了口：「大海叔，吃過了沒？」

「吃了。」柳大海不鹹不淡的應了一句。

林東從口袋裏掏出香煙，遞給他一根，柳大海愣了一下，伸手接了過來。

「什麼時候回來的？」柳大海問道，依舊是冷冰冰的語氣。

林東道：「今天下午剛到家。」

「東子，你發財了，但別忘了你的根在這裏。旁的我也不多說，你有事就忙去吧。」柳大海一副教導主任的模樣，這些話他對村裏每個在外面闖出點名堂的人都說過。

林東點點頭，往前繼續走去。與柳大海的不期而遇，他發現柳林莊的強人老了，一年沒見，貌似連個頭都縮短了幾公分，令他意想不到的是，自己對他提不起一絲的恨意。

走到村口林翔的家門前，這家人已經拴了大門，屋裏飄出酒肉的香氣，一家人的歡聲笑語不時從燈火通明的屋子裏傳出來。老家的冬天要比蘇城寒冷，林東豎起風衣的衣領，雙手插在衣兜裏，轉進了村口旁邊的小路，往後面那排村子走去。

柳林莊三百多戶人家，共三排村子，屬中間這排村子的戶數最多，有一百三十戶左右。

還沒到中間的那排村子，又聽到了殺豬的聲音。林東站在村子前面望了望，看到一戶人家的燈光最為閃亮，熱熱鬧鬧的殺豬聲也是從那裏傳來的，他記得那是柳大水家。柳大水和柳大海平輩，是族裏的堂兄弟，不過關係比較疏遠。

不多時，他就到了柳大水家的門前。柳大水家的大門打開著，院子裏掛了幾盞高功率的白熾燈，將院子裏照得亮如白晝。他家院子裏圍了一圈的人，有的是來幫忙的，有的是在看熱鬧的。

此刻，在柳大海幾個兄弟的幫助下，林父已經將那將近二百斤的肥豬的四蹄捆得結結實實，最精彩的時刻就要到了，所有人都聚精會神的看著被五花大綁的肥豬，倒是沒有人注意到林東走進了院子裏。

「大水家裏的，開水燒好了沒？」

林東還未到近前，就聽到人群中傳來父親中氣十足的聲音。殺豬是林父的拿手好戲，每逢年關，柳林莊殺豬的人家總是會提前登門敬了林父幾根香煙，央請他何日登門幫他們殺豬。

林老大做了一輩子農民，有兩件事是最值得他驕傲的。第一件是培養出了村裏第一個大學生，第二件就是殺豬的本事。殺豬的時候，林老大就像是戰場上指揮若定的大將軍，所有人聽他調動，很有派頭。

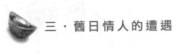

「大水，盆子準備好了沒？準備接豬血。」

林老大抽出殺豬刀，那抹布抹了抹刀刃，按住肥豬的身子，瞅準那肥豬的動脈，往豬脖子裏捅了一刀，一刀到底，白刀子進去紅刀子出來，只聽那肥豬發出一串震天的慘叫，豬血從脖子處噴湧而出，噴起半米多高。

眾人害怕被豬血濺到衣服上，趕緊的向外擴大圈子。那肥豬在地上掙扎著，甩了一地的豬血。嘴裏的慘呼聲越來越弱，掙扎的力量也越來越小，過了差不多一根煙的功夫，終於不動彈了。

「大水，拿盆，接豬血。」

「好。」

柳大水應了一聲，端起盆子就跑到已斷了氣的死豬跟前，開始接豬血。柳大水的媳婦和兩個妯娌開始把鐵鍋裏滾沸的開水往水桶裏舀，準備待會兒燙毛剝皮。

柳大水乳名叫「冬瓜」的兒子在慌亂中踩到了林東的皮鞋，抬起頭一看，愣了一下，才認出眼前這衣冠楚楚的男人，扯起嗓子朝人群裏吼道：「林大伯，東子哥來找你了。」

圍觀殺豬的村民們這才發現站在人群週邊很久的林東，讓出一條道，好讓林東走進去。林東掏出香煙，給在場的男人們送上，到最後才走到他爸的身前，見到父親頭上的白髮更多了，澀聲道：「爸，抽煙。」

林老大看了一眼兒子，依舊是那副永遠不變看不出悲喜的表情，攤開兩手，滿手都是豬血，道：「忙著呢，忙完了再抽。」

柳大水接了滿滿一大盆的豬血，笑呵呵的端著盤進了廚房。這些豬血做成豬血子之後，與豆腐和雪菜一起燒，那可是很美的一道菜。

接下來就是要給豬燙皮刮毛了，林老大對林東揮了揮手，「東子，站遠些，別讓髒東西濺到你的衣服上。」從小到大，林老大總是不讓兒子靠得太近。林東也曾問起過父親跟誰學的殺豬手藝，但父親每次都不說，這個謎底他至今也未解開。

林東退後幾步，站到人群裏，與眾多村民無異，都眼也不眨的生怕錯過了每一個細節。要說這殺豬，自林東懂事以來，柳林莊是年年都殺豬，大傢伙年年都看，隨便問起村中一個半大的孩子，都能把殺豬的步驟說得清清楚楚，但不知為何，每逢過年殺豬，村民的熱情還是那麼高漲，一路相隨，看完這家看那家，就是沒有厭的時候。

「大水家這頭肥豬真夠大的啊，這一個正月裏估計都吃不完。」

「那肯定吃不完，醃成鹹肉，掛起來，也不怕壞掉，正月裏吃不完，害怕一年都吃不完？」

村民們瞧著那木桶裏的肥豬，議論紛紛。

林老大在豬身上來回倒了幾遍開水，開始給豬刮毛了。柳林莊這地方喜歡吃帶皮的豬肉，所以各家各戶殺豬都不剝皮，只是把豬毛剃乾淨。林老大拿起刮毛的刀，運刀如飛，隨著那刀片的來回擺動，那肥豬身上的毛很快就被刮了個乾乾淨淨。

掛完豬毛，把肥豬從木桶裏撈上來，放到一個寬大的木案子上，開始開膛破肚，取內臟。豬全身都是寶，就說那剛才刮下來的豬毛，柳大水也仔仔細細的收了起來，等過完年，會有小販子來收豬毛的，那些豬毛，還能換點錢花花。

林老大將豬的內臟全都掏了出來，柳大河在旁邊幫忙打下手，豬肝、豬心、豬肺都立馬穿了繩子掛了起來，至於那豬腸子，就放在旁邊的案子上，那東西得花工夫好好打理，不然不能吃。

那麼大的一頭豬，總得要分開，不然以後割肉也不方便。

林老大從工具包裏取出一把鋒利的尖刀，手上使出大力氣，很快就把一整頭豬分成了幾大塊。他先把排骨剔了下來，然後又拿剁刀把四隻豬蹄剁了下來，接下來是把蹄膀從豬身上卸了下來，最後是砍下了豬頭。

整個殺豬的過程大概一個半小時，完畢之後，柳大水的媳婦張玉英端來一盆熱水和肥皂，請林老大洗手。林老大把各式傢伙都收進了工具包，這才去洗了手。

作為主家的柳大水趕緊過來敬上香煙，笑道：「老林哥，辛苦你了。」

林老大接過香煙，柳大水趕緊幫他點上，吸了一口，笑道：「大水，你家的事已完了，我這就走了。」

柳大水拉住了林老大，道：「老林哥，等等。」說完，跑過去把那重約二十斤的豬頭和一掛大腸裝進了袋子裏，拎到了林老大面前，「老林哥，辛苦了，這些你帶回去。」

林老大替人殺豬，主家給點東西是應當的，一般人家也就是給幾斤豬肉或者豬心豬肺什麼的，像柳大水這樣給個大豬頭和一掛大腸的還是少見的，這兩樣東西可都不便宜，一般人是捨不得給的。

「大水，這太多了。」林老大直言道。

柳大水有他自己的想法，林老大的兒子林東現在有大出息了，據說前村林光家的二小子跟著林東，現在一個月能掙好幾萬，他心想他兒子冬瓜也快初中畢業了，讀書也讀不好，趁現在和林家搞好關係，以後請林老大幫忙，讓林東帶著冬瓜，那他倆口子也就不愁了。

「老林哥，你今晚最後到我家，按規矩，咱家該多給點。」柳大水笑道。

林東也走了過來，掃視了一下父親的工具箱旁，大大小小的袋子有十幾個，裏面裝著豬肉、豬肝等東西，都是請他殺豬的人家給的。

「太多了，大水，這樣吧，豬頭我拿走，大腸你拿回去。」林父道。

林東上前遞了根煙給柳大水，「大水叔，抽煙。」

柳大水慌忙給林東掏煙，林東死活不肯接，柳大水是長輩，回來頭一次見面，沒有道理拿長輩的煙。

林父見他倆推來推去，不耐煩了，道：「大水，孩子剛回來，他敬的煙你該接下。」

柳大水不好意思的笑了笑，接了下來，「你看在我家，我抽東子的煙，實在不好意思啊。老林哥，東西你都帶回去吧，我們家不愛吃豬大腸你又不是不知道。」

林父也就不再推辭了，拎起東西，和柳大水打了聲招呼，就往門外走去，林東跟在後面，出了柳大水家的院門。

走到外面，林東看到他爸手裏拎著那麼多東西，道：「爸，分一半給我，我替你拎點。」

林父嘴裏叼著煙，把一隻手上的東西遞到林東手上，騰出一隻手，把叼在嘴裏的煙夾在手裏，道：「東子，還記得你上小學一年級的時候，我替人家殺完豬，你非要幫我拎東西，我給了你一個豬頭，嘿，你憋著勁拎了沒幾步，就把豬頭扔地上了。」

林東笑了笑，「爸，有這事嗎，我怎麼一點印象都沒有？」

林父哈哈笑道：「你爹難不成還能騙你？」

父子倆哈哈大笑，走在黑漆漆的夜路上，一路有說有笑，兩根煙的工夫就回到了家裏。

林母見爺兒倆回來了，立即把捂在鍋裏的菜肴往外端。林父放下東西，走到院子裏，繞著林東的車子瞧了瞧，邊看邊點頭。

林母出來叫道：「老頭子，別看了，你又不會開，趕緊洗洗手吃飯吧。」

林父嘿嘿笑了笑，「是啊，我不會開，可我兒子會開，這就夠了。」

八點半，一家三口才坐下來吃飯。林東把帶回來的好酒拿了一瓶出來，給他爸倒上一杯，笑道：「爸，你喝喝這酒。」

林父道：「東子，給你媽也倒一點，今兒個高興，都喝點。」

林母道：「對，東子，給我倒一點，我也喝點。」她以前是很少喝酒的，但今天兒子回家過年了，心裏痛快，於是就也想喝點。

林東給母親找了個小酒杯，給她倒上酒，一家三口一起舉杯。

林父喝了一杯，點點頭，只覺醇香濃厚入口綿柔，問道：「東子，這酒挺貴吧？」

林東笑道：「爸，你就放心的喝，我帶回來兩箱呢。」這是正宗的茅台佳釀，是林東花了大價錢才買到的。

家裏的菜雖然看上去沒有飯店裏的那麼好看，而且做法也很簡單，但味道卻很不錯，非常的可口入味，林東大塊朵頤，直吃到肚皮都漲起來了。

爺兒倆邊吃邊聊，一瓶酒在不知不覺中就見了底。

吃完飯，林母收拾了碗筷，刷鍋洗碗去了。

林父把今天人家送給他的豬身上的東西都拿了過來，開始分門別類的分好，開始打理起豬大腸。

林東坐在旁邊看著，他不會打理這些東西，也插不上手，就陪著父親聊天，「爸，咱們家收了那麼多東西，也吃不完啊，圈裏的那頭豬就別宰了吧。」

林母正在刷鍋，聽到這話，回過頭來，笑道：「東子，你爸把人家送的那些東西都打理好，可以拿到市集上賣。」

林東不解的問道：「媽，咱們這兒一過年家家殺豬，誰還會花錢買那些？」

「都是外地的小販子來收走的，估計是運到別地去賣。」林母笑道。

林東明白了。

林父道：「東子，咱家有十幾年過年都沒殺豬了，今天必須得殺一頭，你明白嗎？」

林東理解父母的心思，過去的十幾年是林家窮苦的十幾年，是被人瞧不起的十幾年，父母是想通過殺豬過年這件事告訴全村老少，他們家翻身了。林東笑了笑，難怪今天發現父親的腰杆似乎比以前挺得更直了。

「爸，你明天就要把這些拿到市集去賣嗎？」林東問道。

林父點點頭，「是啊，不然我幹嘛連夜打理。明天一早市集就有小販來收，快過年了，我一早就得過去。」

林東道：「爸，那我陪你一起去。」

「好啊，我還沒坐過小轎車，你就開車帶我趕集吧。」林父笑道。

林東掉頭問林母，「媽，你也去吧？明早咱一家三口去鎮上吃油條喝辣湯。我好久沒吃那玩意了，怪想的。」

林母回過頭來，笑道：「行啊，就去鎮上吃。」

這時，林東的手機響了起來，他掏出手機一看，是高倩打來的。

「喂，倩，嗯，我早到家了，一直在應付鄉親，忙得忘了跟你說一聲了。」

高倩下午給林東發了幾條簡訊，林東沒看到，都沒有回，所以情急之下，就給林東打了電話，得知他平安到家，懸著的一顆心也就放下了，說了些情情愛愛的話，就掛了電話。

林母在圍裙上擦了擦手上的水，湊到林東跟前，問道：「東子，媽聽見剛才給你打電話的好像是個女的，是不是啊？」

林父也豎起了耳朵，等待兒子的回答。

林東點點頭，道：「爸、媽，剛才打電話給我的是我女朋友，叫高倩。」

老倆口對視了一眼，臉上俱都浮現出了笑容，林母趕緊問道：「她長得什麼模樣，有照片嗎？」

林東翻開手機裏的相冊，裏面有許多高倩的照片，老倆口都湊了過來，眼也不眨的盯著林東手上的手機。林東手指在螢幕上劃過，切換一張張照片，直到把手機裏高倩的照片全部翻看了一遍。

林父放下了手裏的工作，林母也端了張凳子坐了下來，兒子的這個女朋友模樣俊俏，老倆口這一輩子也未見過長得那麼好看的姑娘，都為兒子能找到這樣的女朋友打心眼裏感到高興。

「東子，小高姑娘性格怎麼樣？」林母問道，她和林父最關心的都是這個，人只要不醜就行，但人品肯定要好，否則可做不了他們林家的媳婦。

林東笑道：「高倩她為人大方，性格活潑，再具體的我也說不出來，反正性格很好。」

「孩兒他娘，兒子的性格你不清楚嗎？不三不四的女孩，咱兒子也看不上啊。」林父笑道。

林東想起回家之前高紅軍說過的話，對父母說道：「爸、媽，高倩他爸請你們過完年抽時間去蘇城商量商量我和高倩的事情。」

「是嗎？」

老倆口聞言大喜，樂得合不攏嘴。

林父道：「東子，你也老大不小的了，是該早點結婚，讓我和你媽抱孫子了。對了，小高姑娘家裏是做什麼的？」

林東一愣，總不能把高紅軍是蘇城黑老大的身分說出來，心想高紅軍早已金盆洗手做起了正行生意，就說道：「她爸爸是做生意的，媽媽很早就不在了。」這樣一說，也不能算是騙了父母。

林父道：「做生意的人都很精明啊，你應付的來嗎？」

林東笑道：「爸，他爸不是小商小販，是做大生意的，不是你想的那種斤斤計較的那種人。」

林父點點頭，笑了笑。

林母問道：「大生意？多大的生意？」

林東道：「這個我也沒法具體說，反正就是非常有錢。別看我現在混出了個模樣，但跟她爸比起來，差得老遠了。」

林母怕兒子壓力大，道：「東子，你別有心理負擔，他生意再大，年紀也那麼大了，等你再過幾十年，一定比他強。」

林東笑道：「媽，你別擔心，她爸也是白手起家，沒有門當戶對那種思想，要不然也不會主動讓我請你們過去商議我和高倩的婚事。」

老倆口一琢磨，還真是這個道理。

林母刷好了鍋碗，就去給林東鋪床去了。今天早上，她已經把給林東鋪蓋的被褥全部拿到外面曬了一天。

林東家裏有兩間屋子，一間是坐南朝北的堂屋，林父林母老倆口睡在裏面。另一間是門朝東的廚房，廚房隔成兩小間，外面那間是廚房，裏面支了一個土灶，土灶有兩個爐膛，上面坐著一大一小兩口鐵鍋，小鍋炒菜，大鍋燒飯。裏面那小間，就是林東的臥房了，裏面只有一張木床和一張寫字台。那張木床林東已經在上面睡了近二十個寒暑，而那張寫字台，早已殘破不堪，林東從上學開始，就在那張寫字台上看書寫字，上面還有許多他上學時期用小刀刻下的圖案和文字。

林母鋪好床鋪之後，林父手裏的工作也做完了。林東把父母叫到房裏，把高倩買給二老的禮物拿了出來，「爸、媽，你們看，這些都是高倩送給你們的禮物，她去北海道滑雪去了，不然的話，很可能就跟我一起回來了。」

高倩給林東的父母買了衣物、補品之類的東西，甚至還有護膚品，是送給林東母親的。

「媽，這個你拿去用，早晚都往手上塗塗，你手上就不會乾得皸裂了。」林東拿著一支護手霜遞給母親，心想高倩這件東西倒是買的實用，林母的一雙手一到冬天就裂口子，非常的乾燥粗糙。

林母手裏拿著那支護手霜，心裏熱乎乎的，還沒見面，對未來兒媳婦的印象就好得不得了。

林東拿起兩件羽絨服，給父母一人一件，「爸、媽，你們試試這衣服合不合適。」

老倆口試了一下，非常的合身。

林母問道：「東子，小高姑娘怎麼知道我們穿多大的尺碼的？」

林東道：「她之前問過我，我告訴她的，當時我也不知道她是為了給你們買衣服才問的。」

接下來還有褲子和鞋子，老倆口一一試了，都非常的合身合腳。

「娃啊，人家送了咱家那麼多東西，你有沒有給小高姑娘她爸送些禮物？」林母問道，她怕兒子不懂禮數，忘了還禮給人家。

林東笑道：「放心吧媽，我回來之前送過了。」

林父想起一事，說道：「東子，你中學時候的羅老師對你有恩，你抽空帶上東西，去羅老師家見見他。」

林東初三那年，林父在工地上踩空了鷹架，摔了下來，摔得一隻胳膊骨折了，只能在家休養，沒辦法出去掙錢，交不上林東的學費。因為這個，林東打算休學一年，準備去工地上做個小工，掙了錢再回學校讀書。

羅恒良當時是林東的班主任，得知他心裏產生了休學的想法之後，立即騎車去了林東家裏，對林東進行了一番說教，並主動幫林東交了學費，而且給林東買了一個學期的飯票。

初中畢業之後，羅恒良對林東的關心也沒有斷過，師生之間一直保持著書信來往。不管是林東，還是林東的父母，他們一家都認為，如果當初沒有羅老師金錢上的幫助和精神上的開導，林東很可能就放棄了學業，也不會有今天。

林東想起羅老師，大學畢業後的那一年，因為沒混出個模樣，就一直沒給他寫信，後來有點成就了，又因為太忙，沒時間聯繫恩師，如今想想，心中滿是愧疚。

「爸，明兒一早我就去看看羅老師。」

林父點點頭，「你羅老師愛喝酒，帶兩瓶好酒給他，再把今晚你大水叔給咱家的大豬頭也帶給他。」

林東點點頭，林父與羅恒良經常見面，知曉羅恒良的喜好，對羅恒良的瞭解要比林東還深。

林母道：「孩兒他爹，時間不早了，讓孩子早點休息吧。」

林父點點頭，從林東房間裏出去了。林母給林東打來洗腳洗臉的熱水，看著林東洗漱完畢上了床，幫兒子關了燈，這才輕手輕腳的離開了林東的房間。

林東躺在床上，家裏的木床雖然比較硬，但他睡了十幾年，卻是最適合他的床，睡上去感覺十分的舒服。褥子下面鋪了乾燥的蘆葦毛，十分的暖和，被褥都是白天剛曬過的，還殘留著陽光的味道。

林東躺在床上，和高倩發了幾條簡訊，就睡著了。

第二天早上，直到太陽照進了房裏，林東才醒來，看了看手機，已經是上午八點多了。

他趕緊下床，走到外面，見到母親正在灶前洗碗，問道：「媽，爸呢？」

林母回頭笑道：「你爸一早就趕集去了。他見你睡得香，就沒喊你。東子，我和你爸都吃過了，鍋裏給你留著飯呢。」林母揭開鍋蓋，盛了一碗麵疙瘩給林東。

林東也不講究，端著飯碗坐在廚房門口，邊曬著太陽邊扒拉著碗裏的麵疙瘩，在鄉下的生活就是那麼的愜意。

吃飽了飯，林東想到還要去羅恒良家送禮，洗漱了一番，對母親道：「媽，我去鎮上看羅老師了。」

林母吩咐道：「你早去早回，別在羅老師家吃飯，給人添麻煩。」

林東點點頭，上了車，把車倒到了門外，沿著門前的那條土路往村外開去。

路過柳大海家門口的時候，見柳大海一家都在門口曬太陽，他也沒停車。

「媽，快看，那就是東子哥的車。」柳根子站了起來，興奮的說道。

孫桂芳瞧了一眼柳大海，見柳大海黑著臉，眼睛裏藏著複雜的神色。

「大海，人家東子可沒對不起咱家，要說起來，還是咱家對不起他家，以後見了東子，別總黑著個臉。」孫桂芳道。

柳大海勃然大怒，瞪了孫桂芳一眼，吼道：「婦道人家懂什麼，要你管。」

門口的大黑狗見主人發怒，夾著尾巴蹭了蹭柳大海的腿，被柳大海一腳踢得老遠，哼哼唧唧再也不敢靠近。

孫桂芳臉一冷，轉身回屋去了。

柳根子站在門前的路上，一臉嚮往的看著遠去的轎車。柳大海坐在門口，一根接一根的抽著煙。大黑狗趴在地上，耷拉著眼皮，遠遠的瞧著這一老一少。

林東很快到了鎮上，羅恒良的家裏他去過多次，很熟悉，但開車到了那裏一看，羅恒良家的房子已經不在了，那一排的房子都已被拆了。他下車找了個鄉親問了問，才知道這裏要蓋大型超市，羅恒良家搬到前面那條街了。

林東謝過那位老鄉，開車去了前面那條街，一路上開得很慢，打聽到羅恒良家住在鎮東頭。到了鎮東頭，林東把帶來的東西拎下了車，也不知這裏哪家是羅恒良家。

鎮東頭不如鎮中心菜場那片熱鬧，所以路上也沒人，但只有幾戶人家，林東心想就挨家敲門問問吧。

他朝離他最近的那家走去，還未到近前，就見門開了，裏面走出來一個年輕的婦人。

林東看到了那婦人，那婦人也看到了林東，二人都停住了腳步，呆然立在原地。

這婦人不是別人，就是一直藏在林東心底的那個女人——柳枝兒

第一次看到已嫁作人婦的柳枝兒，林東心中百感交集，千種萬種的滋味交匯在一起，卻沒有一種不帶著苦味。

柳枝兒擦了擦眼角，笑了笑，卻從她臉上看不出一絲喜悅，再次見到林東，她的心簡直就要從她的胸口跳了出來。

「東子哥，進家坐坐吧。」柳枝兒看到林東手上拎著東西，知道他不可能是來找她的，但天意就是那麼的弄人，讓這對曾經的戀人在不期之中相遇了。

「枝兒，你瘦了。」林東站在那裏，只說了那麼一句，喉頭哽住了，心裏的滋味苦得他說不出話來。

這時，一個瘸子拄著拐杖從門裏走了出來，正是柳枝兒的丈夫王東來。王東來第一眼看到的是林東停在他們家門口的豪車，然後才看到了林東，再看了看柳枝兒，發現這兩人有點不對勁，但心裏一想，瞧這男人的衣著打扮，怎麼可能瞧得上他老婆這個鄉下女人。

「枝兒，天不早了，趕緊進去推車吧，岳父岳母還等著咱吃午飯呢。」

柳枝兒回過頭，朝王東來笑道：「東來，這是俺們村的東子哥。」

王東來心頭一震，他知道柳枝兒在嫁給他之前和同村一個叫林東的男人定過親，但一直聽說那林東是個沒用的大學生，今天一看，似乎聽到的傳聞不實啊。

「喲，敢情是來了親戚了，快請進屋坐吧。」

王東來拄著拐杖走到林東面前，掏煙給林東。

林東從口袋裏摸出一包煙，抽了一根遞給王東來，「抽我的吧。」

王東來訕訕一笑，收回了自己的煙，「那就抽你的吧，你是有錢人，估計也抽不慣咱的孬煙。那個……兄弟，到屋裏坐坐吧。」

林東道：「不了，我來找羅老師的，他家搬了，說是搬到了這裏，也不知道哪一戶是他家。」

王東來顯得無比的熱情，笑道：「中學的羅老師啊，最東邊那戶就是他家。」

林東道：「那我過去了，就不打擾了。」

王東來伸手與林東握了握手，道：「兄弟以後有空常來家裏坐坐。」

林東也不答話，看了柳枝兒一眼，往最東面那一家走去。

王東來冷笑著走到柳枝兒身邊，一把摟住柳枝兒的細腰，陰惻惻的道：「怎麼，見了老情人走不動路了？」

他咬牙切齒，面目猙獰，狠狠的在柳枝兒的腰上擰了一把。柳枝兒見林東還未走遠，害怕被他聽見聲音，也不敢出聲，只能忍著疼痛，任憑變態的丈夫如何折磨她，眼淚如斷了線的珠簾似的，淚珠兒一顆顆滾落。

「還不回家推車！」王東來低吼道。

柳枝兒轉身進了屋裏，推了自行車出來。王東來一條腿瘸了，無法騎車，出門都是柳枝兒騎車帶著他。柳枝兒扶好車，王東來挪著屁股，老半天才把自己弄到了車後座上坐好。柳枝兒含著眼淚，跨上自行車，載著王東來往娘家去了。

車行不多遠，王東來道：「小婊子，別哭了，等會兒到了你母親家，你爹媽看見你流眼淚，又該給我臉色看了。」

「東來，你為什麼這麼說我？」柳枝兒帶著哭腔道。

王東來狠狠的在柳枝兒的腰上掐了一下，疼得柳枝兒「咿呀咿呀」叫了幾聲，「喲，脾氣見長啊，我叫你小婊子怎麼了？哼，我看你是見了你的『東子哥』，心裏生出啥想法了吧。你也不想想，人家現在是大富豪，怎麼可能看得上你！」

王東來的話，字字句句打在了柳枝兒心裏最柔軟的地方，她雖早已不期望能與林東破鏡重圓，但心底總是希望能在她的「東子哥」心裏有個位置，哪怕只是旮旯一角。

第四章 愧疚

林東聽到柳枝兒這名字，心就一陣抽痛，尤其是知道柳枝兒現在過得並不好，更是心中充滿愧疚。經過這一年多的苦思，他心裏漸漸淡忘了對柳大海的恨，反而覺得柳枝兒的不幸全是他造成的。如果不是當初他無能，沒有找到個好工作，柳大海也不會悔親。歸根究底，林東都覺得自己該為柳枝兒的不幸負責。

林東拎著東西走到羅恒良家的門前，抬手敲了敲門，只聽屋裏傳來咳嗽聲，不多時，門就開了。為他開門的正是恩師羅恒良，羅恒良抬起頭，顯然沒想到來的會是林東。

「羅老師，林東來看你了。」

林東笑道，他發現羅恒良要比以前瘦很多。

羅恒良既驚又喜，趕緊把林東請進了家裏，拿出一直捨不得泡的茶葉，給林東泡了杯茶，問道：「林東，什麼時候回來的啊？」

林東答道：「昨天下午到的家。」

羅恒良笑道：「我早聽你爸說過了，你現在出息了，我的學生中，數你最有本事。老師沒看錯人，你上中學那會兒，我就知道你小子以後能做大事情。」羅恒良一口氣說了一長串話，說完就開始劇烈咳嗽起來，一張臉憋得通紅，咳了一會兒，又變得慘白。

林東見羅恒良面色極差，關切的問道：「老師，您的身體還好吧？」

羅恒良道：「唉，這半年來咳得厲害，別的倒沒啥。」

「去醫院檢查了沒？」林東追問道，他看羅恒良如此消瘦，生怕恩師有了病卻不去看醫生。

羅恒良道：「看過了，醫生說沒啥。倒也奇怪了，我又不抽煙，不知道為什麼會咳的那麼厲害。」羅恒良今年四十五歲，平時好喝點小酒，但從來不抽煙。

林東把帶來的東西放了下來，「老師，這是給您的禮物。您千萬收下。」

羅恒良笑道：「我的學生出息了，知道報答老師了，我高興得很，就收下了。」他看到有茅台酒，道：「林東，這酒太貴了，以後來看我，帶點普通的就行。這豬頭是你爸讓你帶來的吧？」

林東點點頭，「是啊，我爸說您愛吃這個。」

羅恒良笑道：「是啊，你爸是我的酒友，他在鎮上給人蓋房子的時候，我經常把他叫過來喝酒，哥倆一瓶老酒，一碟花生，一碟豬頭肉，坐下來就能聊半天。」

林東坐了好一會兒，始終沒見到羅恒良的老婆，就問道：「老師，怎麼沒見師娘？」

羅恒良垂下了眼皮，一臉滄桑之色，低聲道：「我和你師娘離了快一年了。」

羅恒良是三十五歲才結的婚，結婚近十年，老婆卻一直未能懷上，後來去醫院查了，是他的問題，經過十來年四處奔走求醫也未能治好。他知道老婆一直想要個孩子，但他卻是無子的命，就主動和老婆提出了離婚。他們夫妻感情很好，老婆起初不肯，但羅恒良心意已決，在拖了許久之後，終於離了婚。

林東不經意間發現，曾經在他眼裏無所不能的老師，已經變成了一個滄桑悲觀的老者，不禁在心中感歎，生活啊，你使少部分強大起來，卻壓垮了大部分的人。

林東在羅恒良家聊了許久，時至中午，說道：「老師，中午去我家吃吧，我父母都很想念你。」

羅恒良擺擺手，「那不能，你來了理應在我家吃。」

林東道：「老師，你莫再推辭了，走吧。」他抓住羅恒良細瘦的胳膊就往外面走，羅恒良無奈，只好答應。

「好小子，你倒是放開我，讓我鎖了門啊！」

林東這才意識到羅恒良家的門還未鎖，趕緊放開老師的手。羅恒良鎖了門，與林東並肩而行。

林東指了指前面的車，說道：「老師，我車停在前面，吃完飯後，我再送你回來。」

羅恒良一看林東車停在柳枝兒家的門口，他是知道林東和柳枝兒之間的事情的，他倆都曾是他的學生。

「林東，你去找過柳枝兒了？」羅恒良問道。

林東搖搖頭，「沒有，不過我遇到了她。老師，你與她是鄰居，你能不能告訴我，枝兒婚後過得怎麼樣？」

羅恒良感歎一聲，久久才道：「王東來那個王八羔子，他就是個變態。」

羅恒良的話在他耳邊不斷迴盪，林東只覺心好像是掉入了冰窟裏，渾身冰冷，上了車，渾渾噩噩的，也不知怎麼把車開到了家裏。

林父為了能讓自己的東西賣個好價錢，所以天濛濛亮就起身趕集去了，賣完東西，早早的就回來了，看到林東把羅恒良接了過來，高興的出門相迎。羅恒良是文化人，林父雖然是個大老粗，但兩人卻聊得相當投機。

羅恒良一生朋友不多，離婚後一個人過日子倍感孤單，有了林父這個酒友時常來找他喝酒，倒也打發了不少難熬的時光。在大廟子鎮，再也沒有人比林父更瞭解羅恒良孤寂的內心了。

「老羅，歡迎啊！」林父笑著上前，把羅恒良請進家中。

羅恒良笑道：「老林啊，我可要向你告狀了，我本不願意來，是你兒子硬生生把我拖來的。」

林父哈哈笑道：「我兒子做得對，你告狀也沒用，我還要表揚他呢！」

兩個老酒友哈哈一笑，笑完之後，羅恒良又開始咳嗽起來，林東趕緊給他倒了一碗水。

林母正在廚房做飯，林東見羅恒良有父親陪著，就進了廚房準備給母親打個下手。

「媽，我來幫你。」

林母嗔道：「你一邊去，別靠近灶台，弄髒了你的衣服怎麼辦。」

林東笑道：「弄髒了再洗嘛，有什麼大不了的。」

「我這忙得過來，不需要你幫忙。」林母不想兒子插手灶台上的事情。

林東回了自己的房裏，把身上的衣褲脫了下來，換上以前高中時候的衣服。他覺得在家還穿著那些光鮮的衣服不合適，村裏人看見了，免不了要在背後說些不好聽的話，諸如罵他尾巴翹上了天之類的話。

舊衣服雖然很舊，但是穿在身上卻很暖和。這些年他也沒再長高，只是比以前壯了點，所以高中時候的衣服穿在身上有點緊，除此之外，一切都還好。

林東走出房門，對林母道：「媽，我把衣服換了，這下可以了吧。」

林母回頭一看，兒子竟換上了許多年前的老棉襖，道：「灶上的工作你又不會，別給媽幫倒忙了，沒事就出去曬曬太陽也好的。」

林東走到灶台後面，坐下來開始燒火。他雖然不會燒菜，但是燒火這活卻是從小做到大的，拿手得很。林母一個人又要顧著鍋裏的菜，又要顧著爐膛裏的火，忙前忙後，有時候實在忙不過來。

「媽，燒火這活兒我擅長，冬天坐在灶台後面燒火是最舒服的了。」林東說著，抓起一把麥草填進了爐膛裏，爐膛內火燒得旺旺的，火光照在他的臉上，把他的臉烤得紅紅的，和傍晚天邊的紅霞一個色。

林母見他已經坐了下來，也就不阻止了，一邊舞著鍋鏟，一邊說道：「東子，你穿上這身衣裳，還跟上高中時一樣。」

「兒子長到八十歲，在您眼裏還是小娃娃。」林東笑道。

林母鼻子一酸，嗔道：「臭小子，那學來的俏皮話，惹的你媽鼻子都酸了。」

林東想起今天在鎮上看到很多在建的房子，問道：「媽，我給你們在鎮上買套房子吧，你們做點小生意，五金店或是小超市什麼的都行，總比種地輕鬆舒服。」

林母道：「這事你跟你爸商量去。不管怎麼說，咱家的地是不可能撂荒的，我和你爸伺候了大半輩子莊稼，和土地有感情了，離不開田地。」

林東雖然知道種地根本不賺錢，但土地對於莊稼人的意義卻是深刻的，在莊稼人眼裏，土地是希望，種地就是播種希望，是一種他體會不到的樂趣。手中有糧，心裏不慌，這是老祖宗傳下來的話。父母都經歷過饑荒，深知土地和糧食的重要性，錢再多，也沒有糧在手讓人心安，是不可能讓他們離開土地的。

林東本想把父母接到城裏享福，但現在看來，這並不容易實現。

林父今天早上在市集賣了東西，順便買了些時令蔬菜回來。林母知道林東愛吃蒜黃炒雞蛋，特意吩咐老伴多買些蒜黃回來。家裏養了十幾隻老母雞，下的雞蛋不僅夠家裏人吃，而且還有剩餘。林東沒回來之前，林母總是捨不得吃，攢下來拿到市集上去換錢。自打進了臘月，林母就開始給家裏的老母雞多餵了些飼料，讓老母雞多下一些蛋，這些蛋她不拿到市集去賣，都攢在那裏，留給兒子回來吃。

「東子，鍋底的火燒完了，就別填草了。」

林母已炒到最後一個菜了，林東從灶台後面站了起來，伸了伸腰，走到灶台前，看著鍋裏油光光黃亮亮的蒜黃炒雞蛋直流口水。

「去把酒盅洗洗，然後喊你爸和羅老師吃飯。」林母就像以前家裏來客那般吩咐兒子，林東回到家裏，就感覺像是回到了從前，處處都能感受到家的溫馨，心中十分的滿足。

他拿了四個酒盅，打了半盆水，好好的洗了一下，在飯桌上擺好，然後幫助母親把一道道菜端上了桌子，才走出廚房，對在堂屋門口曬太陽的林父和羅恒良道：

「羅老師、爸，吃飯了。」

林父和羅恒良都站了起來，林父笑道：「老羅，走，喝酒去。」二人並肩朝廚房走去。

林父把羅恒良請到了上座，羅恒良起初死活不肯，但林父提起了林東初三時候的那件事，說如果當初沒有他，也就沒有林東的今天。羅恒良也就不再推辭了，在上座上坐了下來。

林父和羅恒良喝了一會兒酒，兩人的話都開始多了起來。

「老羅，我兒子現在出息了，我讓他認你作乾爹怎麼樣？也不算丟你老羅的臉吧？」

羅恒良趕緊擺擺手，「林老大，這可使不得，我哪有資格做林東的乾爹，不成不成。」

林父對著林東道：「東子，你覺得你羅老師有沒有資格做你乾爹？」

林東笑道：「這世上再沒人比羅老師更有資格的了，老師對林東的恩情，林東時刻記在心裏，不敢忘記。這些年一直想報答老師，現在終於有能力了，還望老師不嫌棄，收下我這個乾兒子吧。」

林父看羅恒良膝下無子，如今又離了婚，於是就想把林東認給他做乾兒子，希望借此能稍稍彌補老羅心裏的遺憾。

羅恒良曉得老友的心思，感動的老淚縱橫，再者林東這孩子他實在是很喜歡，也就不推辭了，點頭答應了下來。

林父拍拍林東，「東子，過去給你乾爹磕個頭，敬杯酒。」

林東端著酒杯，走到羅恒良身旁，撲通跪了下來，磕了一個頭，羅恒良想攔也攔不住。

「乾爹，兒敬你一杯酒。」林東跪在地上，倒了一杯酒，雙手送到羅恒良面前。

羅恒良擦擦眼淚，接過來一口喝掉了，摟過林東，哭了一把鼻子。

「兒啊，起來。」羅恒良今天高興極了，很久沒有那麼高興過了。

林東起身，回到自己的座位上。羅恒良喝了一口酒，又開始劇烈咳嗽起來，林母趕緊給他倒了碗熱水，過了好一會兒，羅恒良才止住不咳了。

吃完午飯，羅恒良和林家三口又聊了一會兒，到了下午三點，起身要走了。林東開車把他送回了鎮上，然後去了一趟電信局。

快過年了，電信局這裏也很忙。大廟子鎮電信局的只有三個工作人員，一個是局長，不幹事，剩下的兩個一個負責收電話費，一個負責安裝電話及線路維修。

林東在電信局的大廳裏排著隊，看到顯示幕上有介紹裝寬頻的，他本來是想給家裏裝一部電話的，但看到有寬頻，心想就一塊兒裝了吧，得空去趟市裏，給家裏買個電腦，教會父母怎麼用視訊，以後在外地的時候，就可以跟父母通過視訊聊天了。

快過年了，鄉民們手頭的錢也多，許多沒裝電話的人家都趕在這個時候來電信局交錢裝電話。林東足足排了一個小時的隊，才輪到他。手續很簡單，交了錢，留下地址，然後就被告知回家等著。

從電信局出來，迎面碰上了個老同學邱維佳。

邱維佳也是大廟子鎮的，和林東是同一年考上的懷城縣縣中，初中時就認識，高中時還被分到了一個班。邱維佳個頭不高，圓頭圓腦，矮粗的身材，父親是搞運輸的，家境在大廟子鎮屬於上等，因而在高中時候沒少「接濟」過林東，其實也就是在食堂多打個菜，和林東分著一起吃這類的，二人又是一個鎮子裏出來的，所以十分的要好。

「維佳。」

邱維佳低頭上台階，還沒看到林東，聽到有人叫他，抬頭一看，愣了一下，半晌才反應過來，「林東，是你啊！」

二人久別重逢，這一見面，就激動的擁抱在一起。

「維佳，你來這作甚？」林東笑問道。

邱維佳道：「聽說咱鎮裏也能裝寬頻了，我來弄一個，以後在家也不至於那麼無聊。對了，你來幹啥？」

「我來給家裏裝部電話機，順便也把寬頻裝了。」林東笑答道。

「這寬頻我先不急著裝了，咱兄弟許久未見，走，我請你喝酒去。」邱維佳摟著林東的肩膀，也沒進電信局。

林東道：「維佳，高中三年你請了我多少次了，也該讓我請你了。」

邱維佳第一眼見到林東，發現他身上穿的還是高中時候的舊棉襖，他之前就從一些同學那兒瞭解到林東大學畢業之後混的不怎麼樣，現在一看，估計還沒有什麼起色，而且林東家裏的情況他也是清楚的，所以根本沒打算讓林東請客，主動提出來請林東吃飯喝酒。

「哎呀林東，跟我還客氣啥，我來請。」邱維佳笑道。

林東道：「維佳，你別怕我沒錢，我身上帶了錢的。」二人說話間就走到了林東停在馬路對面的車旁，林東從舊棉襖的口袋裏掏出賓士的遙控鑰匙，按了一下，

「滴滴」兩聲，解了鎖。

邱維佳看到了他手裏的遙控鑰匙，再看看停在身前的大奔，臉上的表情相當複雜，夾雜著驚詫與懷疑。

「乖乖，這大奔是你的啊？」邱維佳摸著大奔，一臉的難以置信。

林東點點頭，「不是我的是誰的，維佳，這下你放心讓我請客了吧？」

邱維佳直點頭，「你啥時候那麼富了？那你怎麼還穿著高中時候的衣服，害我誤以為……」

林東笑道：「到家裏了嘛，好衣服穿出來與咱這兒的環境不搭，看上去扎眼，還沒老棉襖穿著舒服呢。」

邱維佳一下子感覺到了與林東之間的差距感，心想現在的這個林東，再也不是以前高中時候那個一個饅頭要掰成兩半分兩頓吃的那個窮哥兒們了，他發達了

林東搖了搖手中的鑰匙，「維佳，我記得上學的時候你就夢想著能開轎車，有駕照嗎？」

邱維佳不客氣的從林東手裏拿過了鑰匙，「你忘了我爸是幹啥的了吧？我十四歲就會開貨車了，你這車，小菜一碟。」說完，拉開車門就坐進了駕駛位裏，林東繞到另一邊，坐在副駕駛上。

邱維佳一看車中的情況，道：「林東，你這車外面髒兮兮的，裏面卻是那麼新，剛買不久吧？」

「臘月二十四那天晚上才提的車，回家後都是土路，能不髒嗎？」林東笑道。

「你小子不會是買彩票中頭獎了吧，忽然弄了那麼輛豪車？」面對這價值幾百萬的豪車，邱維佳這個老司機有點不知所措了，熟悉了一下，才慢慢啟動。

林東笑道：「我沒那麼好的運氣，之前是奧迪Ｑ７，可惜被我開河裏泡壞了，只能換一輛了。」

邱維佳嘴巴張得老大，驚訝的說不出話來了，就算是中了五百萬，也經不起林東那麼折騰，Ｑ７之後又換賓士，一個頭等獎還不一定夠花。

邱維佳帶著林東繞著鎮子兜了十來圈，才想起吃飯的事情，問道：「林東，去哪兒吃？」

林東道：「我記得初中畢業那會我們幾個好同學去了鎮上一家飯店搓了一頓，那家飯店還在嗎？要不就去那家吧？」

邱維佳點點頭，「還在，就去那家。」開著車，很快就到了鎮中學旁邊的一家連門牌都沒有的小飯店。

二人下了車，邱維佳很不捨的把鑰匙還給了林東。

這小飯店是鎮上一對夫妻經營的，夫妻兩個都很胖，見來了客人，老闆娘抬起頭看了一眼，認出了邱維佳，笑道：「喲，這不是邱幹事嘛，怎麼到咱這小店來了？」

邱維佳是鎮上的熟臉，鎮上大部分人都認識他，「怎麼，你開門還不做生意了？」

胖老闆娘笑的臉上的肥肉亂顫，「邱幹事說的啥話，吃什麼，我讓我男人給你做去。」

邱維佳道：「有啥好吃的就上啥，咱不差錢。」

胖老闆娘從腰間抽出一塊黑乎乎的抹布，把旁邊的長方形桌子抹了抹，請邱維佳和林東坐下。

「今早剛殺了隻野兔，本打算自家吃的，但邱幹事你來了，就燉了給你們吃吧。」

邱維佳看了看林東，「兄弟，怎麼樣？」

林東笑道：「我啥都吃，你讓他們看著做吧。」

邱維佳對胖老闆娘道：「野兔咱要了，再給咱整幾個硬菜，還有啥野味的，也給咱整上來。」

胖老闆娘知道今天來了大生意，笑得合不攏嘴，樂呵樂呵的跑進了後廚，告訴丈夫麻利點整幾個硬菜。

林東道：「維佳，當時初中畢業，我記得好像也是這張桌子，你、我、胖墩和鬼子四人，一人湊了十塊錢，那時候錢還值錢，四人四十塊錢整了一桌子菜。那是我第一次喝白酒，吃完飯走到半路，我就吐了。」

「是啊，後來你小子死活是走不動了，還是我和胖墩輪流把你背回家的。」邱維佳想起往事，那時候他們都才十幾歲，連鬍子都還沒長，這往事還歷歷在目，回頭一看，卻一晃十年都快過去了。

「胖墩和鬼子呢？幾年沒見了，怪想的，把他們也叫來。」

邱維佳道：「好啊，人多才熱鬧，我有他們電話，不過他們都在外地打工，不知道回來沒有。」邱維佳掏出手機，先給胖墩打了個電話，胖墩昨晚後半夜到的家，剛剛才睡醒，一聽說林東請他們哥幾個喝酒，立馬開著摩托車從家裏往鎮上奔來。

「得，胖墩過來了，我再給鬼子打一個。」邱維佳翻到了鬼子的號碼，撥了過去，電話通了之後，問道：「鬼子，回來沒？」

鬼子早就回家了，此刻正在村裏賭錢，「回來了，維佳，啥事啊？」

邱維佳聽到那邊吵吵鬧鬧的，還有人喊著下注，說道：「你又在賭錢了吧，林東回來了，我和他現在在咱中學旁邊的那家小飯店。對，就是初中畢業時聚餐的那家，你趕緊過來吧。」

鬼子今天手氣不錯，擲骰子贏了不少錢，聽說林東回來了，正好找到藉口溜走，說道：「維佳，你們等等我，哥兒們馬上到。」掛了電話，鬼子就向賭友們說明情況，然後一溜煙跑了。

胖墩家在小劉莊，和劉強是族裏的兄弟，名叫劉衡，因為長得十分肥胖，所以讀書時大家都叫他「胖墩」。鬼子是朱家嶺的，叫朱有志，和胖墩相反，瘦的皮包骨頭，怎麼吃也吃不胖，但非常機靈，賊眉鼠眼，所以讀書時同學們送了他一個外號「鬼子」。

林東和邱維佳正聊著，就聽門外傳來一陣摩托車的馬達聲，再一看，胖墩已到了門口了。林東和邱維佳起身往外走去，看到胖墩似乎比以前更胖了，壓在摩托車上，減震都被他壓的彈不起來了。

「胖墩。」

林東叫了一聲，跑過去抱住了胖墩。

「林東，你讓我把車支好。」胖墩嘴裏哈著熱氣，呼呼的道。

支好車，胖墩從摩托車上下來，一把把林東抱了起來，原地轉了三圈，他不敢多轉，再多轉幾圈，他自個兒就要暈頭了。

「哎呀林東，你比以前重了。」胖墩像是發現了新大陸似的，驚喜的道。

林東在他胸口擂了一拳，笑道：「胖墩，你也比以前更胖了，瞧你這肥頭大耳，跟得上二百斤肥豬的頭了。」林東從兜裏掏出香煙，給他倆散了一根，剛點上煙，就見鬼子朱有志騎著摩托車上來了。

鬼子到了近前，頭髮留得老長，遮住了半邊臉，停了車，先是甩了甩頭髮，才露出賊兮兮的小眼睛。他那雙小眼睛老遠就盯上了小飯店門口的那輛車，到了近前一看，果然是好車，頓時心裏動了心思。

「鬼子，看什麼呢？那是林東的車，你別想歪主意了！」邱維佳吼道。

鬼子從車上下了來，繞著大奔轉了一圈，唉聲歎氣道：「唉，可惜了，要不是林東的，我非把這車前面的賓士標誌拔了安在我的摩托車上不可。」

胖墩一聽說是林東的，看了一眼林東，「東子，這車真的是你的啊？」

「啊，林東的？」鬼子剛反應過來，滿臉的不信，以為邱維佳是詐他的，心想林東連摩托車都不一定買得起，怎麼買得起這車？

第五章 家暴風波

林東的話中透露出對她的關懷，這令柳枝兒心裏既欣喜又害怕。欣喜的是還能得到這個男人的關懷，害怕的是她並不清楚林東的想法，作為一個文化不高見識短淺的農村婦人，雖然經常遭到丈夫的毒打，但是若是要她放棄這段婚姻，卻沒有足夠的勇氣。

邱維佳朝林東笑了笑，「東子，你自己說吧。」

林東笑了笑，「胖墩、鬼子，這車的確是我的。」

胖墩和鬼子對望了一眼，各自臉上的表情都是無比的震駭。

「哥幾個，走吧，進去邊吃邊聊。」邱維佳說完，率先轉身進了小酒館。

四人在酒館裏坐定，鬼子立馬就問道：「林東，快跟哥們說說，你這幾年去哪發財了。」

林東道：「我大學畢業之後就在蘇城，一直都在蘇城。」

胖墩問出了在場三人都想知道的問題，「林東，你現在做什麼那麼賺錢？大奔都買了。」

林東道：「我在蘇城有個投資公司。」他輕描淡寫，也沒提在溪州市的地產公司，畢竟到目前為止，地產公司並沒有給他帶來任何收益。他忽然想起一事，還不知道邱維佳現在在做什麼工作，高中畢業之後，邱維佳就在山陰市讀了大專，其他的情況他就不知道了。

「維佳，剛才聽飯店老闆娘叫你『邱幹事』，這是怎麼回事？」

邱維佳還未開口，就聽鬼子笑道：「林東，你還不知道啊，維佳現在是機關裏的老爺嘍。」

林東看著邱維佳，邱維佳點點頭，「我是在機關裏，但可不是什麼老爺，只是個司機。」

林東問道：「什麼機關？」

邱維佳答道：「嗨，大機關誰要我，就在咱們鎮的鎮政府，給鎮長開車。」

說話間，菜就上來了，有小雞燉蘑菇、大白菜燴肉片、紅燒老鵝、溜肥腸、雜魚一鍋燒和燉野兔。

胖墩饞的直流口水，拿起筷子就夾了個兔腿放進嘴裏啃了。邱維佳要了一瓶酒，就是懷城當地的酒，叫懷城大麯，五塊錢一瓶。

「胖墩，待會再啃，咱哥幾個先喝一杯。」邱維佳給四人倒上酒，舉杯道。

胖墩把嘴裏的兔腿放進碗裏，端起酒杯，四人碰了一下，一飲而盡。

林東喝慣了好酒，乍一喝這劣質的家鄉酒，有些不習慣，幾杯下肚，臉就紅了。鬼子見他臉紅了，笑道：「嘿，兄弟們，還記得嗎，當初咱初中畢業那天，就是在這，林東愣是喝吐了。」

眾人哈哈一笑，他們三個都知道林東酒量不行。

「東子，還行嗎？不行的話你就喝點啤酒。」邱維佳道。

林東心想好戲還在後頭，當年你們幾個把我灌醉，那麼多年了，也該是我報仇的時候了，笑道：「君子報仇十年不晚，你們三個聽著，我把話挑明了，今天我要把你們全撂倒。」

「新鮮，」鬼子嘿嘿一笑，「這發了財的人就是不一樣啊，財大氣粗，瞧這口氣來，林東，我先陪你乾三杯！」

林東也不怕，和鬼子喝了三杯，漸漸適應了家鄉的這劣酒，臉上的紅色開始慢慢消退了。

「鬼子，你現在在哪打工？」林東問道。

鬼子搖搖頭，哀聲歎氣，沒說。他是不好意思說。

邱維佳道：「林東，咱這幾人就數你最有出息，有機會就拉鬼子一把，他不能再那樣下去了。」

林東皺眉問道：「維佳，你把話說清楚，到底怎麼回事？」

邱維佳看了一眼鬼子，「鬼子，這話是你自己跟林東說，還是讓我代勞？」

鬼子甩甩手，「我沒臉說，維佳，你說吧。」

邱維佳點點頭，「林東，鬼子在外面幹的工作是專摸人口袋裏東西。」

林東腦筋一轉，明白了過來，「鬼子，你做扒手啦？」

鬼子自覺沒臉，低下了頭。

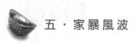

「局子他沒少進，去年在市裏被抓了，我還去看過他一次。」邱維佳歎了口氣，頗為感慨。

當初初中畢業之時，他們都還是十六七歲的大男孩，那時候他們各自有各自的理想，雖然胖墩和鬼子沒能考上高中，但也對未來的生活充滿幻想。還未到十年，曾經境遇差不多的少年，現在已經有了天壤之別。

林東問道：「鬼子，你為什麼要去偷？」

鬼子抬起頭，沉默了好半晌，竟然理直氣壯的說道：

「林東，我這身板你們也清楚，肩不能挑手不能提，到大城市找工作，要學歷沒學歷，要力氣沒力氣，人家根本不要我。可我得吃飯啊，於是我就幹起了扒手，運氣也背，沒幹幾次就被抓到了，後來被遣送回來，在老家這邊也找不著事幹，還得去偷，又被抓了。胖墩和維佳都成家了，我至今別說老婆了，連討媳婦的錢都沒掙到，我能不著急嗎？越著急越沒辦法，所以想來想去只能去偷，畢竟我只有這一門手藝。」

邱維佳忿忿不平，拍桌子道：「鬼子，你幹這勾當還有理了不是！」

鬼子黑著臉，自斟自飲，也不說話。

林東道：「鬼子，我問你，你有沒有決心洗心革面重新做人？」

鬼子是個機靈人，一聽林東那麼說，知道這老同學肯定是要出手幫忙了，拍著乾癟的胸脯道：「林東，只要有份正當工作，我絕不再做扒竊之事。」

「我聽維佳說你還有好賭的毛病？」

「以後我也不賭了。」

林東道：「只要你能改，我們這些兄弟是不會不管你的，過了年，跟我去蘇城，我在工地上找個活給你幹幹。」

鬼子高漲的熱情一下子降了下來，帶著失望的語氣道：

「林東，我連一桶水泥砂漿都提不動，工地上的事情我做不來。」

「拎不動小桶，看工地你總可以吧？」林東道。

鬼子一聽，問道：「你說的是不是看人幹活的工頭？」

林東道：「我不能給你保證什麼，反正不會給力氣活讓你幹。」

「林東，那咱啥時候去蘇城？」鬼子心想林東現在大富大貴，吃肉喝湯，肯定也會分一份給他這個兄弟，已經決心跟林東一起去蘇城了。

邱維佳和胖墩都為鬼子感到高興，同時也意識到林東雖然發達了，但並沒有瞧不起他們這幫兄弟。四人十分開心，轉眼間，一瓶懷城大麴已經見了底，邱維佳趕緊又讓老闆娘再拿一瓶。

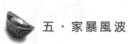

鬼子和邱維佳兩人推杯換盞，林東和胖墩也沒閑著。

「胖墩，聽說你結婚了，老婆是哪裏人？」

提起老婆，胖墩就笑得合不攏嘴，他老婆可是個大美人，「東子，我老婆是河南的，在外地認識的，已經懷上了。」

「林東，胖墩家那娘們可水靈，咱們大廟子鎮，除了以前咱班上那個柳枝兒，沒人能比得上他老婆。」鬼子賤笑道。

邱維佳大聲喝斥：「鬼子，你是喝多了，哪壺不開提哪壺！」他們都知道柳枝兒和林東之間的事情。

林東聽到柳枝兒這名字，心就一陣抽痛，尤其是知道柳枝兒現在過得並不好，更是心中充滿愧疚。經過這一年多的苦思，他心裏漸漸淡忘了對柳大海的恨，反而覺得柳枝兒的不幸全是他造成的。如果不是當初他無能，沒有找到個好工作，柳大海也不會悔親。歸根究底，林東都覺得自己該為柳枝兒的不幸負責。

鬼子被邱維佳一罵，頓時清醒了許多，才知道自己說錯話了，小心翼翼的看著林東，害怕這兄弟後悔答應帶他去蘇城了。

林東表面鎮定，像個沒事人似的，心裏卻是翻江倒海。

「對了胖墩，你還跟著你爹搞裝潢嗎？」林東問道。

胖墩笑道：「俺爹老了，幹不動了，他退休了，現在就在家歇著，由我帶著一夥人四處接活幹。」

林東道：「明年你等我電話，我給你弄個大活，如果你能多帶些人，那就更好了。」

胖墩剛才聽林東說要給鬼子介紹工地上的活就覺得奇怪，現在又聽林東要給他介紹裝潢的活，忍不住問道：「林東，你們投資公司怎麼還搞裝潢啊？」

林東笑了笑，「我還有個地產公司，現在盡賠錢，明年或許有點起色，到時候可能會有大工程。」

胖墩雖然相貌忠厚，但野心卻不小，這些年眼見接到大活的那些個包工頭都發了財，他這心裏急得是火燒火燎，雖然林東並沒有承諾他什麼，但他知道林東不是那種不可靠的人，心想這事十有八九是要成了。

「行，東子，到時你把活交給我，品質上面肯定沒問題。」胖墩激動的說道，端起酒杯，又敬了林東一杯。

正喝著，兜裏的手機響了，林東一看號碼，是鄰居林輝二叔家的，心想一定是老倆口見他送羅老師回去到現在還沒歸家，心裏著急了。

「喂，媽，我沒事，在鎮上遇到了維佳，正和他們一起吃飯呢，你們別等我了，吃完飯我就回去。」

林母知道兒子平安無事，也就放心了，叮囑兒子少喝點酒，就掛了電話。

「來來來，接著喝。」

鬼子今晚十分高興，嚷嚷著讓老闆娘再上一瓶酒。

「大家高興，待會喝完了都去我家，咱打一宿麻將。」鬼子道。

邱維佳一瞪眼，「鬼子，你真是不長記性，這一頓飯還沒吃完，你就忘了林東跟你說過什麼了。」

鬼子這才發現失言，腦筋轉得極快，笑道：「我們兄弟打麻將又不算錢，不算賭博。」

胖墩嘀咕一聲，「要玩你自己玩，我還得回家伺候老婆呢。」

林東也笑了笑，「鬼子，看樣子今晚你湊不成牌局了，我吃完也得回去。」

鬼子感到很掃興，喝酒也不那麼帶勁了。

四人最後乾了三瓶懷城大麯，都沒喝高。胖墩和鬼子還要騎摩托車，林東不敢讓他們喝高了。山陰市這地方，事故發生率最高的就是摩托車了，有撞車撞死的，有撞樹上死的，還要騎溝裏被車壓斷腿的，究其根本原因，都是因為喝多了酒。

「老闆娘，結賬，多少錢？」

胖老闆娘手裏捧著瓜子，走過來笑道：「小夥子，一百八。」

林東掏出兩百塊錢，放在桌上，「不用找了。」

四人勾肩搭背出了小酒館，外面的天早已黑透了。

胖墩和鬼子跨上了摩托車，林東和他們交換了電話號碼，四人約好了年後再聚，而後胖墩和鬼子就發動了摩托車走了。

剩下邱維佳和林東站在飯店門前的路上，林東遞了根煙給邱維佳。

「維佳，跟你打聽個事。」

邱維佳道：「什麼事，你說。」

林東道：「咱鎮上是不是有個姓王的副鎮長？」

邱維佳點點頭，「是有這麼個人，叫王國善，老頭子了，還有兩年就該退了。」

林東道：「王國善的兒子王東來你認識嗎？」

邱維佳一震，王東來是柳枝兒的丈夫，這他是知道的。他沒有直接回答林東的問題，反問道：「林東，你打聽這幹嘛？」

林東道：「我想知道那人是怎樣的一個人。」

邱維佳道：「王東來不是個東西，十五歲的時候爬牆偷看寡婦洗澡，不小心掉下來摔斷了腿，長大後性格乖戾，很難相處。不過王國善卻是個老好人，在鎮上人緣很不錯，可惜生了那麼個兒子。」

林翔、羅恒良和邱維佳三人先後都說王東來不是個好人，林東心想已無需向更多人求證王東來人品怎樣。他曾經答應過林翔要把柳枝兒從火坑裏救出來，但仔細一想，這事要比和汪海鬥爭還要難。

「東子，你別亂來啊！憑你現在的條件，找什麼樣的女人找不到。」邱維佳看到了好友眼中深深的痛苦之色，寬慰道。

林東吐了一口煙霧，「維佳，枝兒如今那麼不幸，我難辭其咎。」

邱維佳問道：「林東，如果王東來和柳枝兒離婚了，你會娶她嗎？」

林東一時語塞，他是萬萬不能負了高倩的，但一夫不能娶二妻，他又能給柳枝兒什麼呢？

兩個男人站在星空下，靜默無言，各自抽著煙。

「維佳，走，我送你回家。」林東掏出鑰匙，打開了車門，和邱維佳都進了車裏。

邱維佳就住在鎮上，林東很快就把他送到了家。下車之前，邱維佳想起一件事，對林東說道：

「對了東子，咱高中時候的班長顧小雨前幾天打電話給我，說咱們畢業六年了，還沒聚過，說是臘月二十七，就是明天，在縣中附近的金鑫飯店聚聚。她已經聯繫了好多同學，沒你的號碼，讓我看見你告訴你一聲，你去嗎？」

林東想了一想，明天也沒安排，並且與高中同學多年未見，也想去見見大夥，就說道：「維佳，明天我也去。明早我來接你，咱一塊去。」

邱維佳道：「那好，天不早了，我就不請你去家裏了，趕緊回家吧。」說完，邱維佳就下了車，林東開車往鎮子西頭去了。

出了鎮子，就上了坑坑窪窪的土路，車輛顛簸難行，土路兩旁是水渠，渠裏乾涸無水。林東不敢開快，大奔慢悠悠的在土路上向前晃悠。快到小劉莊的時候，發現前面有個人影，那麼晚了，這路上一般是沒人的。

林東繼續往前開去，離得近了，看到前面低頭疾行的應該是個女人，心想這女人還真是膽大，敢一個人走夜路。再近一些，只覺前面那女人身上穿的衣服好像在哪見過。

那女人被車燈照到身上，回了回頭，林東看到了她的臉。

天吶，是柳枝兒！那麼晚了，她怎麼在這兒？

柳枝兒看到了車，她認得那車是林東的，沒想到在這個地方又遇見了他，為了不讓林東看到自己現在的慘狀，加快腳步往前走去。

林東提了車速，柳枝兒走得再快，也跑不過車輪子，很快就到了柳枝兒的身邊。

「枝兒，你在這幹嘛？」林東放下車窗，伸頭問道。

柳枝兒不時的抹著眼，也不說話，繼續往前走去。林東加快了車速，超過了她，在前面停了車，下車往後面跑去。

柳枝兒見林東跑了過來，用手擋住臉，叫道：「東子哥，你別過來，我沒事，你快回家吧。」

林東不管她說什麼，快步上前，抓住她的手，把柳枝兒的手從她臉上拿開，天很黑，他看不清楚柳枝兒的臉。

「枝兒，那麼晚了，你這是回村裏嗎？」

柳枝兒點點頭，也不說話。

天黑的伸手不見五指，林東沒看到她臉上的傷痕，說道：

「太晚了，走夜路很不安全，從這到咱們村還有很長一段路呢。枝兒，你坐我的車吧。你放心，等到了村口我就把你放下來，絕對不會讓大海叔看見。」

說完，拉著柳枝兒的手就往前走去。柳枝兒就那麼任他拉著，腦中空白一片，跟在他後面。

等到了車裏，林東才看到柳枝兒臉上密密麻麻的淤青，心痛的無以復加，怒的渾身發抖，「枝兒，他打你了？」

柳枝兒「哇」的一聲哭了，臉埋在腿上，哭了好一會兒。

曠野中，一輛黑色的轎車停在土路上，車內傳出女人的哭聲，混在夜風中，嗚嗚咽咽，隨風飄遠。

過了許久，柳枝兒止住了哭聲。

「枝兒，我對不起你。」林東歎道。

柳枝兒帶著哭腔道：「東子哥，別說這話，是我家對不起你家。」

「王東來經常打你嗎？」林東問道。

柳枝兒搖搖頭，不想林東為她擔心，說道：「不是，今天是他頭一次打我，不想就被你看見了。東子哥，你別為我擔心，東來他對我很好。」

林東丟掉了煙頭，「枝兒，事到如今你還打算瞞我？王東來對你怎麼樣，林翔早就告訴我了。還有羅老師，他是你家的鄰居，你家的事情他能不知道嗎？枝兒，你越是這樣，我心裏越是難受。」

柳枝兒沉默不語，林東的話中處處透露出對她的關懷，這令她心裏既欣喜又害怕。欣喜的是還能得到這個男人的關懷，害怕的是她並不清楚林東的想法，作為一個文化不高見識短淺的農村婦人，雖然經常遭到丈夫的毒打，但是若是要她放棄這段婚姻，卻沒有足夠的勇氣。

林東看著柳枝兒臉上的傷痕，曾經的這張臉，是十里八鄉最漂亮的一張臉，曾經的這張臉，無論什麼時候都掛著如春風般暖人的笑容，曾經的這張臉上，從來沒有憂愁。

他低下了頭，看到了柳枝兒變得粗糙的手，很難想像短短的一年時間，柳枝兒歷經了多少磨難。

「枝兒，你想不想離開王東來？」林東盯著柳枝兒的眼睛，問道。

柳枝兒：「我……」

是的，她不知道該怎麼回答林東。在懷城這個封閉落後的小縣城，離過婚的女人是會讓人瞧不起的，連帶她的父母也會臉上無光。說到底，她還沒有足夠的勇氣去擺脫婚姻對她的桎梏。

「東子哥，我不知道。」柳枝兒不停的搖頭，雙拳握得緊緊的，一遍一遍的捶著自己的雙腿，她恨自己為什麼那麼懦弱。

林東道：「枝兒，你婚姻的不幸，我有很大的責任。如果你不知道，那麼一切就交給我來吧。」說完，就發動了車子。

柳枝兒睜著大大的眼睛，淚水汪汪，看著面無表情的林東。這是他倆見面之後，柳枝兒第一次那麼仔細的看著他。她慢慢的發現，這個從小一起長大無話不談的男人，已經不是她熟悉的那個瘦弱的男孩了。他下巴上的鬍子刮得鐵青，側臉棱角分明，表情看上去是那麼的堅毅。

柳枝兒的心裏漸漸升起一股暖流，這暖流雖然微弱，卻足以溫暖她冰冷的心，也讓她暫時忘記了身體上的疼痛。她哭得太久了，累了，靠在舒服的車座上睡著了。

林東轉過頭看了看睡著了的柳枝兒，她熟睡時的樣子還和以前一樣，一點都沒變。他還記得小時候，兩個人一起去村後面的山上捉野兔，柳枝兒走得累了，就會躺在他腿上睡一覺。只是那時候的她，睡著時的臉上或許會有些髒兮兮的塵土，卻絕沒有淚痕。

林東在心裏暗暗發誓：「枝兒，我回來了，會讓你重新過上以前快樂的日子。」

雖然他極力放慢車速，但路終究會有走到頭的時候。

在快到了村口時，林東輕聲喚醒了柳枝兒，「枝兒，快進村了。」

柳枝兒睜開眼，不明白自己怎麼就睡著了，看到旁邊的林東，臉上露出了一絲笑容。

林東也笑了笑，說道：「枝兒，你笑起來的樣子還和以前一樣好看。」

柳枝兒臉一紅，「東子哥，你一點沒變，可我已經看著顯老了。」

林東搖搖頭，「枝兒，那是你長期活在不開心之中，等你和王東來離了婚，我給你買些護膚品，再加上每天都過得開開心心的，很快你就能跟未嫁人之前一樣了。」

「離婚？東子哥，我爸不會同意我離婚的，王東來也不會同意的。」柳枝兒道。

林東道：「這個你不用操心，我會有辦法讓他們都同意的。你也不要覺得離婚丟人，在大城市裏，離婚很普遍，合不來就離，幹嘛綁在一起雙方都痛苦。等你離了婚，你就別留在村裏了，到時候我會替你安排的。」

柳枝兒心裏很亂，對林東描述的未來既憧憬又害怕，推了推車門，卻怎麼也推不動。她這個鄉下姑娘，除了結婚那天坐過轎車，就再也沒坐過，又怎麼能知道怎麼開門。

「東子哥，我得下車了，否則進村就該被人瞧見了。」

林東替她打開車門，趁柳枝兒還沒下車，問道：「枝兒，今天王東來為什麼打你？」

柳枝兒想了想，下定了決心，就把實情說了出來，「他知道我和你有過一段，所以看到你就不高興，中午在我家，我爹媽又沒給他好臉色，晚上他喝了點酒，就打了我。」

林東深吸了一口氣，「明天我和邱維佳去縣城參加同學聚會，下午應該就沒事了，你反正也回娘家了，明天就帶上根子，就說進城去買東西，然後下午我帶你們姐倆去市裏好好逛逛，散散心。」

柳枝兒嚇得張大了嘴巴，搖搖頭，「東子哥，我不敢去。」

林東從車上找出便簽本，撕下一張，寫上了他的手機號碼，塞到了柳枝兒的手中，說道：「枝兒，我明天下午兩點在那等你半小時。」

柳枝兒什麼也沒說，推開車門下了車，揮揮手，讓林東先進村裏。

林東開著車，很快就到了家門口。林父林母聽到了車子的聲音，走出門來。

「爸、媽，還沒睡啊。」

林母道：「我和你爸擔心你和維佳那夥人喝多了酒出事情，所以一直在等你平安到家。」

林父道：「你那幾個同學的酒量都不得了，你喝不過他們千萬別逞強。」

林東點點頭，「知道了爸。」

一家三口進了屋，林母盛了一碗熱湯給林東，「東子，喝點湯暖暖。」

林東接過來一看，是他最愛喝的菠菜雞蛋湯，湯的溫度剛好，就端起來一口氣喝了。

「爸、媽，我下午去電信局了，讓他們來給咱家裝個電話，老用輝二叔家的也不好。我明天去縣城參加高中同學聚會，順便去市裏買台電腦。裝電話的人來到時候，會一併把寬頻裝上的，到時候我在蘇城，就可以和你們視訊聊天了。」

林母看了一眼林父，問道：「老頭子，電腦那玩意你會用嗎？」

林父笑了笑，「我哪會用，你就別買了，我和你媽又不會用，還能省點錢。」

林東笑道：「你們放心吧，非常簡單，我一教你們就會了。再說，你們不想在電腦裏看看你們未來的兒媳婦？」

聽林東那麼一說，林父當機立斷，「兒啊，這電腦咱得買。」

柳枝兒進了村，村頭林翔家的狗聽到了腳步聲，昂起頭開始叫了起來，其他人家的狗聽到林翔家的狗叫了，也跟著叫了起來。柳枝兒走進了村子裏，見到了從家家戶戶裏射出來的燈光，心裏也不怕了。她在這村子裏生活了二十幾年，即便是哪家的狗衝了出來，也不會咬她，因為都認識她。

柳大海家的房子和院子都是村中三百多戶人家中最氣派的。院門上面砌了一個高大的門樓，門開兩扇，是厚重的鐵門，漆成朱紅色，門上還焊了兩個碗口大的門環。

柳枝兒走到家門口，拉起門環扣了扣門，扣了幾下，就聽到了父親的咳嗽聲。

柳大海站在堂屋門口，朝門外吼道：「誰啊？」

「爸，是我。」柳枝兒答道。

柳大海聽出是女兒的聲音，心知女兒一定是又被王東來打了，結婚一年多，柳枝兒前後已經不知道多少回夜裏回娘家了，每次都是因為受不了王東來那畜生的打罵才回來的。

柳大海歎了口氣，披著棉襖朝大門走去，為女兒開了門。

柳枝兒走進堂屋，母親孫桂芳也出來了，拉著女兒的手就掉了眼淚。

柳大海問女兒：「枝兒，吃飯了沒？」

柳枝兒答道：「還沒。」

孫桂芳抹著眼淚道：「枝兒，你等著，媽現在就給你做去。」

「哎，媽，你給我燒個湯就好了。」柳枝兒道。

柳大海看著女兒，滿臉狐疑之色，他剛才出去小解的時候，看到林東的車子剛剛過去，隨後沒幾分鐘柳枝兒就回來了。而且往常柳枝兒夜裏回娘家，一進門定是抱著她媽大哭一通，這次卻沒有，看上去還隱隱有些高興的樣子。

柳大海不是個沒頭腦的人，腦筋一轉，就想到了女兒可能和林東見過面了。

「枝兒，你見著林東沒？」柳大海突然問道。

柳枝兒不善撒謊，聽到父親突如其來的一問，臉上閃過慌亂之色，「沒，我沒看到他。」

柳大海也沒多問，走進房裏繼續看電視去了，他已肯定閨女和林東見過面了。電視裏正放著他最愛看的鄉村題材的電視劇，可今晚柳大海卻看不出滋味來了，他的心思根本就不在電視上。

林東的心裏是怎麼想的，這才是柳大海現在最想知道的。女兒的婚姻那麼的不幸，柳大海心裏也不好過，柳枝兒畢竟是他的親生女兒。當看到林東衣錦還鄉，柳林莊這個強人的心裏慢慢的生出了悔意。

他昨晚躺在床上就在想，如果有林東那麼個有錢的女婿，不僅女兒能夠幸福，他的老臉也能增添幾分光彩，就算是見到了鎮裏的一把手，也敢挺起胸膛說話。可惜可惜啊，這原本不應該是他靠想像自我安慰的事情，卻因為他短淺的目光而變成了虛無的幻想。

柳大海感到了前所未有的自責與後悔。

孫桂芳做了湯，又在湯裏泡了饃，做好之後就端給了女兒。柳枝兒胃口特別不錯，吃了兩大碗。之前與王東來鬧彆扭回家來，可是怎麼勸也吃不下飯的。晚上睡覺的時候，孫桂芳給柳大海提了一下。

「大海，枝兒今天吃了兩大碗。」

柳大海道：「怎麼，女兒多吃點不好嗎？」

孫桂芳道：「當然好啦，但是與往常回來不一樣。」

柳大海笑了笑，老婆孫桂芳可沒有他那精明的頭腦，哪能看得透女兒的心思，「桂芳，我說你瞎操什麼心。枝兒不吃你也操心，枝兒吃多了你還操心，讓我怎麼說你是好？」

孫桂芳翻了個身，「那就不說了，睡覺吧。」

……

今天是臘月二十七，還有三天就過年了。

林東起床後，看到父母已經開始忙碌起來了。母親在和餡，父親在院子裏劈樹根。林東知道，家裏這是要蒸饅頭了。山陰市有個風俗，就是每逢過年，家家戶戶都要蒸上足夠元宵節之前吃的饅頭。除了蒸饅頭，還有做豆腐、炸丸子、炸果子、炒花生、炒瓜子。

林東穿好衣服走到院子裏，「爸，把斧頭給我，我幫你劈樹根。」

林父把斧頭遞給兒子，「也好，出點力氣暖和。東子，你小心別傷著。」

「沒事，我又不是第一次劈樹根，有經驗的。」以前家裏蒸饅頭的時候，林父不在家，就是林東負責準備柴火，劈樹根這活他不知幹過多少回了。

樹根劈完了，林母也準備好了早飯。早飯很簡單，玉米麵稀飯、烙餅和蘿蔔乾。林東喝了兩大碗稀飯，吃了兩塊烙餅，這東西雖然沒什麼味道，但卻不是什麼地方都可以吃到的，在蘇城的這一年裏，他最想念的就是家鄉的玉米麵稀飯了。

吃完早飯，林東把身上的舊衣服換了下來，今天要去縣城參加同學聚會，總不能穿著舊衣服去。

「爸媽，我去縣城了，晚上你們也別等我吃飯。」

林母追了出來，叮囑道：「東子，路上開車小心，晚上不回來吃飯別忘了打個電話回來。」

「媽，我知道了。」

林東上了車，發動了車子，緩緩朝村外開去。路過柳大海家門口的時候，柳大海一家四口正在門裏吃飯。林東朝屋裏看了一眼，看到柳枝兒也朝他的車看了一眼。

「姐，那就是東子哥的車。」柳根子看到林東的車從他家門前經過，去了飯碗就往門外跑去，直到林東的車走遠了，才回來。

柳大海低頭吃飯，今天出奇的沒有把柳根子喊回來。

吃飯的時候，柳枝兒一直在考慮到底去不去城裏。吃完飯，她又猶豫了一會兒，終於下定了決心，小聲的對柳大海說道：「爸，我想帶著根子去城裏玩玩，順便給他買兩身好衣裳。」

柳大海還沒開腔，孫桂芳已經開了口：「枝兒啊，城裏那麼亂，你和根子去，我不放心。」

柳大海生氣了，舞著煙槍往飯桌上一敲，說道：「婦人之見，根子都十四歲了，也該出去見識見識世面，咱枝兒在縣城裏念過技校，又不是不熟悉，有啥好擔心的？」

柳枝兒原以為柳大海會反對，卻沒想到柳大海竟然很贊成，小聲的問道：

「爸，你真的同意啊？」

柳大海瞧她一眼，「你爸剛才說話不夠清楚嗎？」轉而對孫桂芳道：「拿五百塊錢給枝兒，讓她帶著根子在城裏好好玩玩。」

柳根子一聽說要去城裏，高興的跳了起來，拉著姐姐柳枝兒的手，「姐，我們什麼時候出發？」

柳枝兒道：「不急，我們趕到城裏吃午飯，姐帶你去吃西餐。」

柳根子不知道西餐是什麼，問道：「姐，西餐是什麼，好吃嗎？」

「西餐就是外國人吃的飯菜，好不好吃，你吃一次就知道了。」柳枝兒摸著弟弟的頭道。

柳大海道：「你們姐弟倆收拾一下，我去後面找你大水叔，讓他開車把你倆送到鎮上。」說完，柳大海就背著手出了家門。

孫桂芳塞了五百塊錢給柳枝兒，叮囑她要照顧好弟弟。姐弟倆只是進趟城，根本無需收拾什麼，在家裏等了一會兒，柳大海就回來了。不一會兒，柳大水就開著農用三輪車到了柳大海家的門前。

柳枝兒和柳根子上了車，柳大水就開著車帶著這姐弟二人往鎮上去了。柳大水一直把他們送到了鎮上停班車的地方，看著姐弟倆上了車，才開著車回去了。

柳根子長那麼大還沒去過城裏，一路上追著姐姐問這問那。柳枝兒則滿懷心事，怔怔的看著窗外出神，對弟弟的問題能敷衍就敷衍過去。

一個多小時候後，班車就開進了縣城的汽車站。柳枝兒看了一下時間，已經快到中午，出了汽車站，攔了一輛人力三輪車，告訴蹬車的師傅去農工商超市。整個懷城縣只有一家肯德基，就在農工商超市的一樓。

自打進了城，柳根子就緊緊攥住了姐姐的手，從未進過城的他感到這裏的一切都是新奇的，從來沒想過會有那麼高的樓、那麼寬的路、那麼多的車。柳枝兒在過馬路的時候，告訴柳根子綠燈行紅燈停。柳根子告訴他，這個他知道，課本上學過。

農工商超市人來人往，肯德基裏更是擠不動的人。柳枝兒排了好長時間的隊，買了個全家桶，但是座位全滿，她只能帶著柳根子到外面，找個背風的地方，開始吃東西。

姐弟倆吃了一半，柳枝兒問柳根子，「根子，好吃嗎？」

柳根子嘴裏塞得滿滿的，直點頭，「姐，好吃，真香。」

又吃了一會兒，還剩三分之一，柳根子停下來不吃了。

柳枝兒問道：「根子，怎麼不吃了？」

柳根子道：「姐，咱爸媽也沒吃過這個，我想帶點回去給他們嘗嘗這西餐。」

柳枝兒把弟弟摟進懷裏，「咱根子懂事了，姐很開心。」

姐弟倆而後就進了超市，柳枝兒身上揣著母親給的五百塊錢，打算給柳根子買些衣服鞋子，再買些吃食帶回去。柳根子沒見過那麼多東西，只覺得兩隻眼不夠用，看見不認識的就問姐姐，有的東西柳枝兒也不認識，無法解釋。

第六章 再見老同學

凌珊珊自從嫁給有錢人家的公子之後，也不用去上班，
就弄點錢扔進了股市裏，賠了不少錢，現在整天就想著怎麼炒股票，
一聽到林東那地產公司的名字，就跳起來了，
「天吶！亨通地產，那可是上市公司啊！」

林東一早從家裏出來，就開車去了大廟子鎮找邱維佳。到了邱維佳家裏，邱維佳正在吃早飯。

「東子，吃了沒？」

邱維佳的老爹認識林東，笑問道。

林東上前遞了根煙給老頭子，和邱維佳一家人打過招呼，「邱大爺，別客氣，我從家裏吃過來的。」

邱維佳三兩分鐘扒拉了碗裏的飯，換好衣服就和林東出門去了。

「維佳，車是你開還是我開？」林東搖著鑰匙笑問道。

邱維佳一把從他手裏把鑰匙奪了過來，「當然是我開了。」他這一輩子最愛和車打交道，開過父親的貨車，也開過鎮政府裏的桑塔拉，一些麵包車他也開過，但就是沒開過賓士那麼好的車，也知道自己一輩子可能也買不起那麼好的車，趁林東在家，有機會就要開個夠。

開車是件累人的事情，把車讓給邱維佳開，林東樂得落個輕鬆。邱維佳也老司機了，很快就熟悉了林東的車，這一路上路雖然不寬，但是好在車少，他加足了馬力，很快就到了縣城。

林東一看時間，才十點多一點，離中午吃飯的時間還早，就對邱維佳說道：

「維佳，咱們重回母校看一看吧。」

邱維佳點點頭，開著車往縣中的方向去了。到了那兒，學校的大門前一個人也沒有，此時正值寒假，只有看門的老頭一人坐在門房內喝茶。邱維佳將車停在門口，和林東下了車。

大門是關著的，二人走到門房前，邱維佳抬手敲了敲窗戶上的玻璃。

看門的丁老頭正在看報紙，聽到聲音，抬頭看了一眼，問道：「放假了，你們有什麼事嗎？」

邱維佳笑道：「丁大爺，還認識咱們嗎？」

丁老頭扶了扶眼睛，走了過來，在邱維佳和林東的臉上端詳了一番，搖搖頭，「不好意思啊，年紀大了，記性不好，你們是這裏畢業的學生吧？」

邱維佳點點頭，「丁大爺，我是邱維佳啊，有印象沒？」

丁老頭想了一下，「哦」了一聲，「邱小子啊，你畢業該有五六年了吧。」丁老頭從門房裏走出來，把門開了，放林東和邱維佳進了門內。

「邱小子，我還記得你在這讀書的時候，經常翻牆頭出去上網，有一回翻鐵柵欄的時候，衣服被鐵尖頭勾住了，掛在了那兒，要不是我巡夜發現了你，你就完蛋了。」

邱維佳掏了根煙給丁老頭，笑道：「當年如果您把我翻牆出去的事情上報學校，我邱維佳早就被開除了。丁大爺，我心裏念著您的好呢，怎麼樣，身體還好吧？」

丁老頭搖搖頭，「不中用，上了歲數的人，大毛病沒有，小毛病全身都是。」

林東走到前面，笑道：「丁大爺，你還認識我嗎？」

丁老頭在林東臉上瞧了一會兒，「孩子，我也記不起你的名字，但覺著眼熟。」

林東笑道：「我和維佳是一個班的，叫林東。」

丁老頭一拍腦袋，「想起來了，林小子，」丁老頭豎起大拇指，「學校一開表彰大會，上台領獎的總少不了你。」

林東笑道：「大爺，您的記性真好。我和維佳想去校園裏看看，你看可以嗎？」

丁老頭點點頭，「有的學生從這畢業了，一輩子都不會再回來看看母校，那是沒良心的。像你們這樣有良心的孩子要看看母校，有啥不行的，去吧去吧，也別在老頭子我這兒耽誤工夫了。」

林東和邱維佳謝過丁老頭，二人邁步往校園深處走去。

過了大門，是個廣場，有噴泉，有花壇，這是懷城縣縣中學的門臉，所以做得相當不錯。再往裏走就是教學樓了，縣中學清一色三層的教學樓，一共三棟，按年級而分。授課的教師沒有專門的辦公樓，每層教學樓最邊上的房間就是教師的辦公室，不算太大，能夠容納十來個老師辦公。

二人先進了最前面的那棟教學樓，這是高一的教學樓。邱維佳和林東高一時候的班級在三樓，二人沿著樓梯拾級而上，到了三樓，趴在窗口看著高一時教室裏的桌椅板凳。

「維佳，我記得你個子不高，起初是坐在第一排的，後來為啥班主任張老師把你調到最後一排去了？」林東笑問道。

邱維佳一臉奇怪的看著他，「林東，你不知道為啥？起初我坐在第一排，旁邊坐著誰你還記得嗎？」

林東想了一想，「好像是語文課代表凌珊珊。」

「對，就是她。我把她辮子給剪了。」邱維佳拍著大腿道。

林東來了興趣，「有這事？我怎麼一點印象都沒有？」

邱維佳道：「嗨，那時候全班數你學習最用功，你是兩耳不聞窗外事，一心唯讀聖賢書。你記不記得？凌珊珊個子不高，但一頭烏黑的長髮特別顯眼，她老是昂著個頭，看誰都像是欠她二百塊錢似的。我不愛做作業，她天天煩我，催著我交作業，我看不慣她高高在上的樣子，趁她中午睡覺的時候，把辮子給剪了一截。」

林東想了起來，「難怪後來我忽然發現凌珊珊的長辮子沒了，變成短髮了，原來都是你的功勞。不過我覺得她短頭髮更漂亮。」

邱維佳歎道：「唉，後來張老師知道了，把我揍了一頓，然後把我踢到最後一排去了，可從那時起，凌珊珊就和我結上愁了，逮著機會就修理我。我的高中三年，她始終是我的一個噩夢。」

林東擂了他一拳，「你得意吧你，我看凌珊珊是對你有意思。」

邱維佳苦笑了一聲，「老子都結婚了，還提那有啥意思。」

林東瞧他的樣子，料想邱維佳和凌珊珊之間必定是發生過什麼，「走，咱下樓吧，還有很多地方沒看呢。」

出了高一的教學樓，往後走就是食堂。林東指了指，「維佳，過去看看。」

二人到了食堂前，門沒鎖，就走了進去。這是全校唯一的食堂，無論是學生還是教職工都在這裏吃飯。縣中的食堂很大，裏面是一排排長約兩米的木桌子，可容納兩千名學生同時就餐。

食堂的桌子上永遠都像是蒙了一層豬油，摸上去滑滑膩膩的。

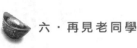

林東摸了一把，似乎比從前更油了。這裏有他許多辛酸的回憶，在教室裏，他是學習成績名列前茅的資優生，許多同學有不懂的問題都會找他請教，但在這個食堂，他卻總是感到低人一等。在高中求學的整整三年裏，他沒有吃過一頓超過三塊錢的飯。早晚飯經常是買個饅頭，幸好食堂裏提供免費的菜湯，饅頭才不至於那麼難以下嚥。中午，其他的同學會打三個菜，一葷兩素，而他除了過節會打兩個菜，平時一直都是只打一個素菜。

「維佳，來到食堂，我想到了咱們之間的好多事。那時候我家裏條件不好，買不起好的飯菜，而你每天總是和我一起來食堂吃飯，打的菜都會和我一起吃。有的時候為了照顧我的面子，我吃什麼，你就吃什麼。咱食堂的饅頭是出奇的難吃，我還記得你難以下嚥的樣子，不過每次你都吃的一點不剩。兄弟，你這份情我永遠都記得。那天和胖墩、鬼子一起吃飯，我都答應會幫他們，唯獨沒跟你說什麼。」

邱維佳摟住林東，「兄弟，別說了，你的心意我體會得到。」

林東眼含淚花，「維佳，我現在有點能力了，只要你開口，無論是仕途還是商路，我都會不遺餘力的幫你。」

邱維佳道：「東子，我現在的收入雖然不高，但家裏的日子過得還不錯。我不如你，是個沒大志向的人，一輩子活得快樂就行了。暫時還沒有要麻煩你的地方，如果日後需得著你幫忙，我肯定不會客氣的。」

二人摟著對方的肩膀，兄弟之情在彼此的心底激蕩。

「走吧，去宿舍那邊看看。」林東道。

出了食堂，學生宿舍在校園的最北面。二人走在校園裏，說著上學時的那些事情，不知不覺中就走到了宿舍區。懷城縣縣中的校舍情況並不怎麼好，學生宿舍是一間間陳舊的瓦房。這些瓦房是六七十年代所建，當時是上課的教室。後來學校建了教學樓，這片老房子就變成了學生宿舍。

老房子年代太久，雖然年年修葺，但一到下雨天，仍是有不少宿舍漏雨。更糟糕的是，老房子非常的陰暗潮濕，在裏面住了三年，不少學生都會因為環境潮濕而生了皮膚病。

林東的被子經常抱出去曬，所以成為為數不多沒得皮膚病的學生。邱維佳就沒那麼幸運了，高中三年期間，生過皮炎、疥瘡，因而對母校的宿舍，想起來就感到厭惡和害怕。

「東子，這地方有啥好看的？」邱維佳苦著臉道。

林東笑道：「維佳，畢竟是睡了三年的地方，看看又何妨。」

二人走到以前的宿舍前面，門還是當年的木門，窗還是當年的玻璃窗，但總是有一兩塊玻璃是壞的。二人透過玻璃，往裏面看了看，學生放假了，宿舍裏亂糟糟的，站在窗口，也能聞到鞋子和襪子的臭味。

「維佳，我問你一件事。」林東忽然道。

邱維佳道：「啥，你說。」

林東笑道：「高中的時候，我記得你不愛曬被子，我有很多次問你需不需要把你的被子一起拿出去曬，但你每次都說不曬，有幾次我直接去抱你的被子，還被你大聲喝止了。我就不明白，你幹嘛不讓我幫你曬被子？」

邱維佳嘿嘿一笑，臉色微紅，「這個嘛……怎麼說呢，說出來怕你笑話。算了，都過去多少年了，我就滿足你的好奇心吧。我之所以不讓你幫忙曬被子，是因為那時候我白天學習不用功，晚上躺在床上就精力過剩，所以就……隔三差五的就擼一把。」

林東明白了，「你真噁心，不會把那東西塗在被子上吧？」

邱維佳不好意思的點點頭，臉上的表情似乎在說，恭喜你，猜對了。

「……幸好我沒碰你的被子。」

林東掉頭往操場的方向走去，邱維佳嘿嘿一笑，跟了過去。

二人還沒到操場，就見到操場上有兩人，離得有些遠，看不清面目，但卻有些熟悉的感覺。

操場上的兩人原本在繞著操場散步，發現了林東二人之後，停住了腳步，朝他倆望來。

林東和邱維佳走到近前，看到了那兩人。邱維佳道：「是顧小雨和凌珊珊。」

林東笑了笑，「走，過去看看。」

顧小雨和凌珊珊也看到了他們，朝他倆走來。四人在操場入口處相遇。

「林東，真的是你啊！」

班長顧小雨走到林東身前，臉上帶著驚喜之色。

「班長，好久沒見了。」林東笑道。

顧小雨從高一就是班長，領導能力特強，學習成績也很好，經常跟林東爭班級裏的第一名，雙方各有勝負。高中三年裏，林東鮮少與女生說話，但和顧小雨卻有很多的交流，不過二人的交流大部分都僅限於探討學習方法上面。

「林東，你眼裏只有班長，沒看到我嗎？」凌珊珊一頭短髮，整潔幹練，故作生氣的道。

林東趕緊陪個不是，解釋道：「凌珊珊，我見你跟維佳聊的正歡，所以就未敢上前打擾。」

凌珊珊別過臉，「哼，誰跟那個流氓聊的歡了？」

顧小雨握住凌珊珊的手，「姍姍，都過去那麼多年了，你還在為邱維佳剪了你的頭髮而生氣啊？」

一向能言善辯的邱維佳出奇的沉默不語，他與凌珊珊之間的事情，外人知道的並不多。

凌珊珊也沉默不語。

顧小雨打圓場道：「今天是咱們老同學見面，都給我個面子，把過去的不愉快都忘了吧。」

邱維佳走到凌珊珊面前，沉聲道：「姍姍，這麼多年了，我一直欠你一個道歉。姍姍，對不起。」

凌珊珊眼圈立時就紅了，顧小雨看了一眼林東，林東一攤手，意思是說他也不清楚這兩人之間的事情。

顧小雨見凌珊珊與邱維佳相視無言，走到中間，緩解尷尬的氣氛，笑道：「時間不早了，我看該去飯店了，其他同學估計也都到了。」

邱維佳點點頭，走在最前面。林東和顧小雨並肩而行，凌珊珊則跟在最後面。

「林東，那麼多年不見了，你現在在哪高就呢？」顧小雨笑問道。

林東笑道：「我啊，自己創業。」

顧小雨顯得很驚訝，倒是沒有想到林東會自己創業，「我一直以為以你的性格應該會安安穩穩的找個單位上班，沒想到你竟然自己創業了。」

邱維佳回頭道：「班長，你可別小瞧了林東，他的業創的可不小。」

顧小雨臉上的表情顯得更驚詫了。

林東也未多說，問道：「班長，你這個中文系的高材生，現在在哪兒高就呢？」

顧小雨高考考上了省城最有名的大學，她自幼愛好文學，所以毅然而然的選擇了中文系。

顧小雨道：「嗨，瞎混唄，拿點微不足道的死工資，哪比得上你。」

凌珊珊上前挽住顧小雨的胳膊，對林東道：「林東，咱們班長可是縣委大院的一枝花。」

林東看著顧小雨，「班長，還不老實交代。」

顧小雨笑道：「嗨，姍姍你盡瞎說，我就是個小秘書，跟班跑腿的而已。」

凌珊珊道：「是，你是小秘書，不過是咱們縣城一把手的秘書。」

林東知道懷城縣的縣委書記是個女人，不到四十五歲，叫嚴慶楠。

「啊，了不得，班長，你都當上嚴書記的秘書了，前途不可限量啊！」林東歎道。

邱維佳一回頭，「你們一個比一個混的好，就我最差。」

林東笑道：「維佳，你別灰心啊，咱班長是嚴書記的秘書，朝中有人好做官，你還怕日後混不上去？」

顧小雨甩甩頭，「哎呀，你們別一口一個班長的叫我，叫我小雨。」

林東也覺得小雨這個稱呼叫起來更順嘴，就點了點頭，轉而問凌珊珊，「姍姍，你現在在哪兒工作呢？」

「我……」凌珊珊欲言又止，邱維佳走在前面，似乎加快了腳步。

顧小雨道：「林東，你還不知道啊？咱姍姍現在是闊太太。她結婚的時候你沒來，那場面，絕對是咱們縣城最風光的，都上電視了。」

林東朝前望去，看到邱維佳的背影，歎了口氣，也沒再問下去。

四人說話間就走到了門口，林東去門房裏遞了一根煙給看門的丁老頭，四人跟丁老頭打了招呼，就出了校門。

邱維佳從口袋裏掏出遙控鑰匙，按了一下，停在前面的賓士發出「滴滴」的兩聲。

顧小雨驚訝道：「邱維佳，一年沒見，大奔都開上了。有什麼發財的路子怎麼也不跟老同學說一聲！」

邱維佳回頭訕訕一笑，「班長，你誤會了，這車不是我的，是你旁邊那人的。」

顧小雨道：「姗姗？不會吧，她沒開車來，是和我一起來的。」

邱維佳一跺腳，「呵，你還真是瞧不起林東，這車是林老闆的。」

顧小雨和凌珊珊皆是瞪大了眼睛，雖然剛才聽邱維佳說了林東現在自己創業，但心裏估計就是開個小鋪子啥的，絕沒料到他混的那麼好，賓士頂級豪車都買得起。

「林東，你現在到底做什麼？」凌珊珊問出了顧小雨也想知道的問題。

林東摸摸頭，笑道：「自己弄了兩公司。」

顧小雨追問道：「什麼公司？」

林東答道：「一家私募公司，一家地產公司。」

顧小雨又問道：「你這人說話不能說痛快點嗎？公司叫啥名字。」

「私募叫金鼎投資公司，地產叫亨通地產。」林東無奈，只好說清楚。

凌珊珊自從嫁給有錢人家的公子之後，也不用去上班，在家無聊，就弄點錢扔進了股市裏，賠了不少錢，現在整天就想著怎麼炒股票，一聽到林東那地產公司的名字，就跳起來了，「天吶！亨通地產，那可是上市公司啊！」

顧小雨也玩過股票，經凌珊珊那麼一說，也有點印象，笑嘻嘻的看著林東，「我說林老闆，看在我們老同學的份上，透露點消息給我們唄？」

凌珊珊更感興趣，急問道：「是啊是啊，林東，你們公司的股票現在能買嗎？」

邱維佳已經上了車，放下車窗，對三人吼道：「喂，你們還走不走？」

三人趕緊朝車子走去，一上車，凌珊珊就又纏著林東問了，「老同學，剛才問你的問題，你還沒有回答我呢。」

林東道：「姍姍，你也知道規矩，我如果向你透露什麼，那是違法行為。但是有一點我可以告訴你，如果你相信我這個老同學的能力，就可以買。」

顧小雨道：「林東，我相信你，回頭我就買。」

凌珊珊想起林東還有個私募公司，又問道：「林東，你那個私募最近在操什麼股票的盤，這個總可以透露給我吧？」

林東道：「公司已經放假了，我們全清倉了，持幣過年。姍姍，你買了哪些股票，說出來聽聽，我可以幫你分析分析。」

凌珊珊絲毫不懷疑林東分析股票的能力，這就是小散戶對於大莊家的盲目崇拜心理，從包裹取出便簽紙，把自己重倉持有的三支股票寫在了上面，遞給了林東，「林東，麻煩你幫我診斷診斷，別著急，我的手機號碼寫在了下面，你分析好了之後可以打電話給我。」

林東看了一眼那紙條，上面寫了三支股票的代碼和凌珊珊的手機號碼，所有上市公司的股票代碼他早已爛熟於心，開口道：「姍姍，你買了中華精工、普陀照明和大山灣核電站這三支票啊，什麼價位買的、多少股？」

凌珊珊心想果然是行家，瞄一眼就知道是什麼股票了，立即把自己持有的股數成本價報給了林東。

林東道：「光伏產業已經進入了寒冬期，短時間內不會有反彈，我們私募公司現在也都避開這些股票，所以我建議你割掉。大山灣核電站不溫不火，你就繼續持有吧，每年的一季度都會有行情，大亞灣核電站應該會搭上『高送轉』這趟行情車，過完年會有比較大的漲幅，可以拿賣掉普陀照明回籠的資金逢低吸入這支票。至於中華精工，這是莊家經常做的票，不要害怕，儘管買入，從盤面上看，明顯是莊家在打壓股價以達到吸籌的目的，所以要越跌越買。」

凌珊珊沒想到林東那麼快就給她分析完了，慌忙從包裹拿出紙筆，將林東分析的要義記錄下來。林東不像電視上的那些股評家，盡說些讓人聽不懂的東西，他所說的簡單明瞭，作為一個沒有多少投資經驗的新股民，凌珊珊顯然是更能接受他這種方式的。

顧小雨也在心中暗自佩服林東的專業能力，心想林東的成功並非是偶然的。高中畢業之後，二人的聯繫就少了，顧小雨不清楚林東在這些年裏有過什麼樣的經歷。這次見面，林東給了她許多的意想不到，她不得不以另外一種眼光來審視這個曾經她並不看好的老同學。

顧小雨雖然混跡官場只有兩年，但是卻深知，同學這層關係是最容易拿來利用的。她也很清楚，高中時她是林東為數不多的關係要好的女同學，憑她對林東的瞭解，只要她張口，林東應該不會拒絕她的要求。

「老同學，你現在發達了，有沒有想過造福家鄉啊？」顧小雨笑問道。

林東這次回來看到家鄉的面貌仍然沒有改觀，尤其是當他習慣了南方城市的繁華，更覺得家鄉的貧窮與落後，所以在心裏也曾萌生過在家鄉投資的想法，只是一時沒想到投資什麼。

歸根究底，林東是一個商人，商人的信條是利字為先，如果看不到利，他是絕不會冒然投資的。

「班長，如果有好專案，我是很願意投資的。」

顧小雨笑道：「嚴書記的案頭上擺著一疊專案，都很不錯，哪天我挑幾個給你過過目。」

金鑫飯店離縣中不遠，很快就到了。邱維佳把車停在門口，一下車，就見飯店的老闆跑到顧小雨的身邊，畢恭畢敬的道：「顧秘書，您來啦，您的好多同學已經到了，都在包廳等你。」

顧小雨道：「楚老闆，來了多少人？」

「四桌不到。」楚老闆答道。

顧小雨眉頭微微蹙了一下，他們班級一共有六十人，她原本估計會來至少五桌人，卻沒想到只來了四桌不到，看來還是有不少同學並不買她的賬，這讓這個懷城縣各局局長見了都阿諛獻媚的女人心裏很不爽。

「知道了。」

顧小雨冷冷道，甩開楚老闆，進了飯店，在門口見到出門相迎的老同學，立馬換了一副臉色，笑臉盈盈。

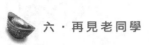

「班長來了……」

許多同學見了顧小雨，紛紛過來打招呼，大家都知道顧小雨現在地位尊崇，所以忙不迭的巴結她。林東和邱維佳跟在後面，所有人都圍著顧小雨，根本沒有人注意到他倆。

林東看了一眼邱維佳，「維佳，咱別在門口站著了，進去吧。」

邱維佳點點頭，與林東一起繞過人群，朝包廳走去。凌珊珊跟在他兩個的後面，因為個子不高，也沒人注意到她。她可不想跟門口那幫人浪費口舌，有時間還不如跟林東討教討教投資之道。

包廳裏有幾個男同學正在打撲克，抽煙抽得滿屋子的煙霧，一進包廳，凌珊珊因忍不住濃濃煙味，就捂住了鼻子，朝那幾個正在打牌的男同學看了一眼，目光中滿是厭惡。

「馬吉奧、朱海峰、倪耀光、陳如德。」邱維佳朝那幾人走去，哈哈大笑，把他們的名字一個一個念了出來。這四人都是原先班中的調皮分子，讀書的時候，和邱維佳是一路貨色，所以關係十分要好。

四人聽到了邱維佳的聲音，掉過頭來看著他，紛紛站了起來，歡迎這位好兄弟。

馬吉奧足足要比高中時候胖了一圈，其他三人也都是胖了不少。

「維佳，快來快來，我們在紮金花呢。」馬吉奧招手道。

林東走了過去，笑道：「馬吉奧，你怎麼變那麼胖了？」

馬吉奧看了一眼林東，「喲林東啊，你也來啦。」

林東和其他三人也打了招呼。

「林東，你看上去一點都沒變樣，你瞧咱們幾個，唉，都快胖成豬了。」朱海峰打趣道。

邱維佳笑道：「誰讓幾位都是大老闆呢，每天喝酒吃肉，忙於應酬，能不胖嗎，咱想胖還沒那福氣呢。」當初班級裏成績最差最頑劣的幾個人，在畢業幾年之後卻成了班裏人人羨慕的大老闆，這不可不說是造化弄人。

倪耀光招呼邱維佳和林東入座，「來來來，離吃飯還有一會兒，咱們抓緊時間再玩幾把。」

邱維佳見到他們幾個高興，也就點頭同意了，林東則無所謂，陪著他們玩幾把。

「哥幾個，玩多大的？」邱維佳問道。

馬吉奧一邊洗牌，一邊說道：「不大，五塊錢底輪流打，一百塊封頂。」

邱維佳放心下來，他身上沒帶多少錢，這個大小即便是輸，也夠輸的，「老馬，發牌吧。」

馬吉奧發牌的速度相當迅速，轉眼間，已在眾人面前發好了牌。凌珊珊站在邱維佳的身後，抱著胳膊，像個為他出謀劃策的軍師一般。林東在蘇城玩的都是比這大許多倍的牌局，因而與馬吉奧他們玩牌，根本就沒怎麼上心。

「邱維佳，這牌能跟嗎？」凌珊珊看到了邱維佳的牌，說了一句。

邱維佳回頭怒視她一眼，罵道：「你能不能閉嘴，我現在是想跟也沒法跟了。」說完，把牌扔了。

林東沒看牌，一直在悶牌，到最後只剩下他和馬吉奧兩人。

「老馬，我看咱倆也別比下去了，就開牌吧，誰大誰拿錢。」林東提議道。

馬吉奧笑道：「行啊，我沒意見。林東你這傢伙幾年沒見，賭錢的本事見長啊。」

在高中的時候，邱維佳等人經常在晚上熄燈之後躲在被窩裏賭錢，那時候林東是從來不參加的，連玩都不會玩。高中畢業離校前的那天晚上，大家心情都很興奮，林東在邱維佳的拉扯之下，也加入了賭局，摸到了一把豹子，激動的渾身發抖。眾人一見他那樣，都知道他起到大牌了，紛紛扔牌，最後林東只吃了個底錢。

林東先翻了牌，一對二加個三，最小的對子。馬吉奧臉色一變，翻開了自己的牌，ＡＫ９，沒林東大。

「哈，老馬就那麼被強上了。」陳德如哈哈笑道。

「接著玩接著玩。」馬吉奧輸了錢，仍是很開心，把牌推到林東面前，讓他洗牌。林東拿起牌，手法俐落，洗牌的動作一氣呵成，連貫而流暢，與馬吉奧這個老賭鬼比起來也絲毫不差。

隨著進入包廳的人越來越多，圍觀賭局的人也越來越多。林東越賭越順手，三把之中就有他贏一把，而且運氣極順，殺到了幾把大牌，收獲豐厚。邱維佳則不溫不火，沒輸錢，卻也沒有贏錢。

「真邪門了，老輸給林東，這把一定要殺你一把。」馬吉奧起到了大牌，朝林東笑道。

幾輪之後，又剩下林東和馬吉奧兩個人還沒扔牌。

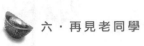

林東面前的一堆錢都是贏來的，輸了也不覺得可惜，他知道馬吉奧一心想要贏他，所以不會主動開牌。他這把摸到了同花，從馬吉奧的表情來看，他手裏的牌應該不會大過自己的。林東跟了幾把，見馬吉奧頭上的汗珠越來越多，心中已肯定馬吉奧手裏不是大牌。

「不玩了，我扔牌。」林東忽然把牌扔了，這是在場眾人都沒有預料到的事情。幾個老手都看出來了，剛才的比拚中，明明是林東佔據了上風，不知為何他半路撤出。

馬吉奧臉上的神情放鬆了下來，朝林東笑道：「兄弟，不好意思，那我就拿錢了。」

這時，班長顧小雨撥開人群走了進來，「喂，你們幾個趕緊別玩了，準備吃飯，要上菜了。」她一聲令下，所有人都做鳥獸散了，各自回到座位上。馬吉奧走的最晚，翻開了林東剛才扔掉的牌，看到是同花，深吸了口氣，心中歎道，林東啊林東，無論是賭品還是人品，我馬吉奧都輸給你了。

在安排座位的時候，顧小雨再一次扮演了指揮者的角色。她清楚班裏哪些人玩的比較好，就把那些人分到一起，免得吃飯的時候沒話講而冷了場。林東和邱維佳被分到了一個桌上，吃飯前，馬吉奧坐到林東旁邊，勾住林東的肩膀，笑道：「林東，你剛才給了我面子，待會我敬你三杯。」

林東一愣，看來馬吉奧已經知道他剛才是故意認輸的了，笑道；「好啊，待會咱倆好好喝幾杯。」

眾人坐定，各式涼菜很快就擺了上來。顧小雨原先預定了五桌酒席，但只來了三十幾個人，連四桌人都不到。所以原先安排每桌坐十個人就改成了七個，分成五桌。涼菜上齊之後，熱菜也陸續開始上了。

吃飯之前，顧小雨站了起來，向下壓了壓手掌，示意眾人安靜。

「諸位懷城縣中高三十四班的同學，在我們闊別校園的第六個年頭裏，我們重新聚集到一起。在座的諸位，有的已結婚生子，有的仍單身一人，但讓我感到欣慰的是，我看到了咱們絕大多數的同學在事業上取得了成功。來，讓我們一起舉杯，為緬懷一去不復返的青春而乾杯，為我們多年之後的重聚而乾杯，希望借這杯薄酒，表達我們同學之間深深的友情，也請為彼此送上最真最深的祝福來，乾杯。」

所有人都站了起來，將杯中的酒一飲而盡。

林東不得不佩服顧小雨的領導能力，看來在縣委工作的這兩年，她的口才與領導能力較之從前要更加出色了。

「煽情的話我就不多說了，各位都餓了吧，都坐下來吃菜吧。」顧小雨笑道，眾人紛紛坐了下來。

林東還如往前在學校裏的表現一樣，一直是個安定分子，除了敬酒之外，從不主動挑事。馬吉奧有感於林東剛才對他面子的照顧，拉著林東喝了半斤白酒，好在二人酒量都很好，半斤下肚，也沒什麼感覺。

和林東在一桌的都是男生，高中畢業六年之後，彼此之間的差距越來越大，有的人進工廠做了工人，有的人教書育人，有的人進了機關單位，有的人經商有成。

原先被一幫好學生看不起的馬吉奧等人是最喜歡參加同學聚會的了，因為他們現在混的最好，見到曾經被老師喜愛的好學生混的不如他們，心裏特別有成就感。

「林東，聽維佳說你一直在蘇城，在那邊混的還行吧？」朱海峰問道。

林東還沒張口，坐在他旁邊的邱維佳開口了，「海峰，我問你，你開什麼車？」

朱海峰道：「帕薩特啊，你知道的。」

邱維佳指了指林東，「你知道林東開什麼車嗎？」

「什麼車？」朱海峰不知邱維佳為何有此一問。

邱維佳笑道：「海峰，你去窗口看看，下面停的哪輛車最顯眼？」

馬吉奧起身道：「我去看看。」跑到窗口，看了看飯店門前停著的車，一眼就看到了林東的賓士，也看到了那車的牌照，是蘇城的。

「老馬，看到啥了沒？」朱海峰問道。

馬吉奧回到座位上，拍拍林東的肩膀，歎道：「兄弟，你是真人不露相啊！」

朱海峰聽馬吉奧那麼一說，也跑到窗口看了一下。他原本心裏為林東贏了他的錢而惱火，以前聽邱維佳說林東在蘇城混的並不怎麼樣，本想挑起話頭寒磣林東幾句的，但當他看到了那輛蘇城牌照的大奔，就自動閉嘴了。

「維佳，快跟俺們說說，林東現在在蘇城到底做啥呢？」馬吉奧知道從林東那裏可能問不到什麼，就轉而問最瞭解林東情況的邱維佳。

第七章 下雪天的回憶

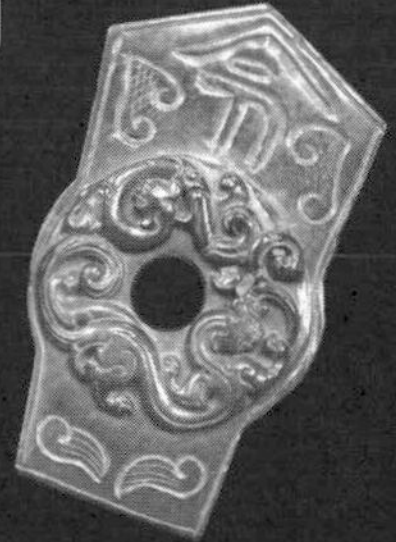

顧小雨說道：

「林東看到我倒在雪地裏，二話不說，背起我就往校醫院趕去。宿舍區在學校的最北面，而校醫院在最南面，平時步行過去至少得二十分鐘。林東就是這麼背著我到了校醫院，我發現他滿頭都是汗，頭髮上還冒著水氣。」

邱維佳看了一眼林東，似乎是在徵求他的意見。

林東微微一笑，說道：「老馬，既然你想知道，那還是我自己來說吧。我在蘇城主要是搞投資的，私募。」

眾人面面相覷，有些不玩股票的同學只是聽說過私募這個名稱，但並不知道具體是做什麼的，馬吉奧就是其中之一。

「私募？這是幹啥的？」馬吉奧滿臉疑惑。

朱海峰笑道：「老馬，你太落伍了，私募就是拿別人的錢去炒股票。」

馬吉奧怔怔的看著林東，他有很多生意上的夥伴都在炒股票，但每次提到股票，無不是滿臉晦氣，「林東，你神人吶！股市那麼差，你都能賺得到錢？」馬吉奧根本不相信林東的錢是從股市裏賺來的。

林東還沒開口，朱海峰就說道：「老馬，散戶賠錢，莊家賺錢。人家私募是莊家，當然能賺得到錢了，你就別再疑神疑鬼的了。」

林東端起酒杯，開始往別的桌敬酒去了。他先去了顧小雨所在的那一桌，立足未穩，就聽顧小雨說道，「在座的哪位女同學還是單身的，可千萬莫要放過這個鑽石王老五。」

許多不明白真相的女生開始交頭接耳的詢問起來，林東發財了的消息不脛而走，很快就在廳中所有女生中傳開了，頓時就有仍然單身的女生上前來問林東的手機號碼。畢竟都到了二十五六歲的年紀，如果還未嫁人，在山陰市這個小城市，已經算是大齡剩女了，為了自己的幸福，主動來問男生要號碼，並不是一件丟人的事情。

「班長，我敬你一杯。」林東舉杯道。

顧小雨笑道：「酒等會兒再喝。林東，我問你件事，還記得高三時候的第一場雪嗎？」

邱維佳等幾個好事者聞言紛紛跑了過來，心想林東這小子，上學時候挺老實的一人，難道和班長顧小雨之間還有過什麼？如果真的有，那這隱瞞的可夠深的。

林東端著酒杯的手停在半空中，想起了前塵往事，點點頭，「班長，那件事我當然記得。」

顧小雨故作生氣的道：「早告訴你不要叫我班長了，叫小雨。」

林東呵呵一笑，「還是叫你班長比較符合今天這個場合，如果私下裏，我可以稱呼你『小雨』。」

「喂，班長，你和林東之間到底在高三的第一個下雪天發生了什麼事啊？」好事的馬吉奧忍不住的打聽道。

顧小雨溫柔繾綣的看著林東，悠悠道：「我依稀記得那場雪是從那天上午第二節課開始下的，雖然是那年的第一場雪，但卻是越下越大，紛紛揚揚，很快就把校園裏的松樹、桂花樹都染白了。等到中午放學的時候，地上已經積了厚厚的一層雪。

那天我一個人去了食堂，吃完飯，打算回宿舍去把掛在外面的衣服收起來。快走到宿舍的時候，不小心滑了一跤，磕到了路旁邊的花壇上，褲子都磨破了，傷口當時就開始冒血，越流越多，止不住了。那時我稍微一動就很疼，連站起來都困難。外面下著大雪，又是中午，所以路上根本沒有人。再後來，林東就出現了。」

顧小雨說到關鍵的地方，忽然停了下來，四下環顧，其他桌的同學們都圍了過來，聽她講述這個真實的故事。

「喂，班長，你怎麼不說了，急死我們了，快說啊。」馬吉奧催道。

顧小雨白了他一眼，「馬吉奧，我收你錢了嗎？我幹嘛聽你的。」

馬吉奧惡作劇的從口袋裏掏出一百塊錢，「班長，我現在就給錢，求你別吊我們胃口了，快說下面發生了什麼事情。」

顧小雨看了一眼林東，「林東，是你說還是我說？」

林東笑道：「還是你說吧。」

顧小雨接著說道：「林東也朝宿舍走去，看到了倒在雪地裏的我，於是就跑上前來，問我怎麼了。我說我摔了一跤，他看到了我正在往外冒血的傷口，問我能不能站起來，我試了幾下，都沒能站起來。他說我可能是傷到骨頭了，於是二話不說，背起我就往校醫院趕去。你們都知道，宿舍區在學校的最北面，而校醫院在最南面，平時步行過去至少得二十分鐘。林東就是這麼背著我到了校醫院，把我放下之後，我發現他滿頭都是汗，頭髮上還冒著水氣。」

「哇，英雄救美啊！」馬吉奧笑道，「林東，咱班長那麼漂亮，能背著她走那麼遠的路，你小子算是占了大便宜了。」

眾人哄堂大笑。

顧小雨問道：「林東，我一直想問你，當時你背著我是什麼感覺？」

林東笑道：「班長，我說出來你可別生氣，當時就是感覺你挺沉的。」

顧小雨沒想到林東會那麼回答她，臉上閃過一絲轉瞬即逝的慍色，隨即笑道：「是啊，高中的時候我是比較胖。」

林東笑道：「這次見到你，感覺你比上學那會兒瘦多了。」

顧小雨笑道：「那是自然的了，我上了大學就開始運動減肥了。」她之所以會當著同學們的面把那件事說出來，就是為了向林東表明自己並沒有忘記，在心底一直對他充滿感激，當著眾人的面說出來，顯然會讓林東更有面子，這有利於她和林東的進一步接觸。

「班長，為了報答林東雪中馱著你去校醫院的恩情，而後你們之間有沒有……那啥？」馬吉奧嘿笑著問道。

邱維佳道：「我想起來了，後來有一段時間班長沒來上課，應該是回家養傷去了。一兩個星期過後，班長回來了，從那以後的一個多月，林東每晚都要晚回宿舍一個多小時。我記得我問過他為什麼每晚都那麼晚回宿舍？林東只是笑而不答。六年了，我終於還是知道林東為什麼那麼晚回去的原因了。」

顧小雨大大方方的承認了下來，「不錯，那段時間林東的確是利用晚自習之後的時間為我補習功課。我兩個星期沒上課，如果沒有他的幫助，很難趕得上進度。說到這裏，我更加應該感謝林東了。來，林東，我敬你一杯！」

林東舉杯道：「班長，我建議這一杯我們大家共飲。咱們班當時是年級裏面最團結的班級，除了有一個好班長之外，咱們每個人都是好樣的，所以應該舉杯共飲。」

「好，大家舉杯共飲。」顧小雨說完，所有人都端起了杯子，飲盡了杯中酒。

接下來，眾人捉對廝殺。林東喝了不少酒，去了一趟廁所。他還在方便之時，聽到了外面邱維佳和凌珊珊的聲音。

「維佳，下午你有事嗎？」凌珊珊問道。

邱維佳的聲音很冷淡，「凌珊珊，請問有什麼事嗎？」

凌珊珊低聲道：「其實對不起你的人是我，這幾年來你一直躲著我，你知道我心裏有多難受嗎？」凌珊珊沉默了一會兒，說道：「如果你下午沒事，就去懷城賓館找我，四〇八房間，我等你。」

林東在洗手間裏，聽到凌珊珊高跟鞋的聲音漸漸遠去，這才從洗手間裏走了出來。

邱維佳還站在外面的走廊上發呆，見林東忽然從裏面出來，神色有些不自然。「你都聽到了？」邱維佳問道。

林東搖搖頭，「聽到什麼了？」他故意說謊，是不想讓好友難堪，更不想干涉邱維佳的私生活。

邱維佳笑了笑，「沒什麼，進去吧。對了林東，下午我就不跟你一起回去了，我在縣城還有些事情。」

林東看了一眼手錶，道：「我約了柳枝兒，時間快到了，進去和大夥兒說一聲，我就得走了。」

邱維佳一臉震驚之色，「天吶！你把柳枝兒約出來了？你到底想幹嘛？」

林東面色凝重，「我說過，柳枝兒的不幸我有責任，所以我必須負責。」

「王東來可是個潑皮無賴，那傢伙發起狂來什麼事都敢幹的，你就不怕他往你身上潑糞？」邱維佳試圖說服好友不要玩火。

林東道：「我再想辦法對付他，即便是真的被他潑了一身的糞，只要能救柳枝兒出水火，我都認了。」

邱維佳歎了一聲，「隨你吧，你愛怎麼折騰就怎麼折騰，反正哥兒們該說的話都說了。」

二人走進了包廳裏，林東不經意間發現，凌珊珊正偷偷的看著邱維佳，目光竟是那麼的溫柔。林東深深吸了口氣，邱維佳擔心他，他何嘗又不是為了邱維佳而擔心呢？

一點三刻的時候，林東找到顧小雨。

「班長，我下午還有事情，得馬上走了。」

顧小雨道：「吃完飯我還安排了娛樂活動，你不參加嗎？」

林東道：「我真的得走了，實在是有要事，對不住大夥了。」

顧小雨知道林東去意已決，知道留不住他，就順水推舟，臉上帶著頗為遺憾的神情，「林東，既然你有要緊的事情，我也不攔著你了。你什麼時候回蘇城？」

林東道：「回蘇城的日期還沒有定下來。」

顧小雨道：「把你的手機號碼留給我。」

林東把手機號碼報了出來，顧小雨輸入了手機，存了下來，當面給林東撥了一通電話，告訴他這是她的號碼。

「好了，常聯繫吧。」顧小雨道。

林東告別了一幫同學，就急急忙忙下樓去了，出了飯店，已經是兩點五十了。他開車到了那裏，正好兩點。林東一下車，就看到了站在縣中圍牆旁的柳枝兒姐弟倆。柳根子躲在姐姐的懷裏避風，柳枝兒一手摟著柳根子，另一手提了一大包東西，北風吹得她的頭髮亂舞。

林東快步跑過去，叫道：「枝兒……」

柳枝兒抬起頭，見到了他，臉上露出了一絲笑容。柳根子轉過身來，瞧見了林東，「東子哥，我們在這兒。」

林東走到近前，「枝兒，我還真怕你不來了。我們高中同學聚會，所以來晚了，不好意思啊。」

柳枝兒帶著柳根子逛了一圈商場，把要買的東西全都買了，一看離和林東約定的時間還有不到一小時，害怕林東去早了等他們，就立馬出了超市，攔了一輛人力三輪車往縣中趕來。

柳枝兒的手一直露在外面，凍的通紅，林東看著心疼，「枝兒，把東西給我吧。」

柳枝兒猶豫了一下，把手裏的東西遞給了林東。

林東伸手接過了柳枝兒遞過來的東西，摸摸柳根子的頭，「根子，午飯吃過了沒？」

柳根子昂起頭來，「吃過了，姐姐帶我吃的西餐。」

林東笑道：「西餐？什麼西餐？」

柳根子描述道：「我也不知道，門上掛著一個白鬍子的老爺爺，笑的可開心了。」

林東明白了，柳根子說的是肯德基，柳林莊第一富戶柳大海的兒子吃一頓肯德基都感到那麼高興，其他人家的孩子就更不用說了，林東的心一緊，因為經濟的原因，家鄉孩子的眼見真是太狹小了。

「枝兒，咱們去車裏吧。」

柳枝兒一點頭，走在林東旁邊，柳根子則已撒開四蹄朝林東的車子跑去了。

上了車，柳枝兒和柳根子坐在後排。

林東掉過頭去，笑道：「根子，東子哥帶你去市區裏玩玩好不好？」

柳根子拍掌叫好，「好啊，東子哥最好了，我要去市區玩嘍。」

「不過咱們得有個君子協定。」林東道，「根子，你得答應我，回去不准向任何人提起我帶著你和你姐姐去市區玩的事情，行不行？」

柳根子已經是十四歲的大男孩了，已經上初中了，早已明白世事了，知道姐姐和林東以前的關係，也知道姐姐現在已經嫁給了別人，但是他一直不喜歡那個瘸腿的姐夫，打心眼裏希望姐姐能和林東好。

「東子哥，你放心吧，我絕對不跟任何人說半個字。我爹娘問起來，我就說姐姐帶我去玩的。」

林東看著柳枝兒，「枝兒，你瞧根子多懂事，你就別擔心了。」

柳枝兒自打見到林東之後心就開始劇烈的跳動，進了車之後，心跳的就更加厲害了，來赴林東的約，讓她感到既害怕又刺激，心中說不出是什麼滋味。

「東子哥，我們去哪兒玩啊？」柳根子急不可耐的問道。

林東道：「市區有遊樂場，我們去那裏玩怎麼樣？」

柳根子拍手叫好，「遊樂場，太好了，我只在電視上看過，還沒有見過真的呢，快走吧。」

林東發動了車子，朝市區的方向駛去，半個小時後，就到了遊樂場。快過年了，遊樂場的人很多，林東買了三張票，進去之後，陪著柳根子玩了幾個項目。

柳根子知道東子哥一定有話要和姐姐說，就對他二人說道：「東子哥、姐姐，你們不用陪我玩了，這些都是小孩子玩的，你們大人不要玩。」

林東笑道：「東子，那你一個人可以嗎？」

柳根子挺起胸膛，「那你說的，我都上初中了，啥事不可以。」

柳枝兒仍是不放心讓柳根子一個人玩，叮囑道：「根子，我不放心讓你一個人去玩，這樣吧，我和你東子哥不上去玩，在下面看著你玩好不好？」

柳根子點點頭，「隨你們吧，我去玩嘍。」

山陰市的遊樂場不大，裏面可玩的項目並不多，但柳根子是初來，有些好玩的項目他要重複的玩好幾次。

「枝兒，你瞧根子，現在真像個大人了，知道揣摩我們的心思了。」林東笑道。

柳枝兒也微微一笑，那笑容中卻有千絲萬縷的憂愁，「東子哥，我爹可能知道我見過你了。」

林東極感興趣的問道：「枝兒，你從何推斷的？」

柳枝兒答道：「昨晚我一到家，他就問我有沒有在路上看見你。而且今天早上吃飯的時候，我跟他提出來要帶根子進城來玩，以我爹的性子，多半是不會同意的，哪知道他不僅一口答應了，而且讓我媽拿五百塊錢給我，吩咐我帶著東子好好在城裏逛逛，不要著急回家。」

林東微微琢磨了一下，柳大海這一連串的反常舉動明顯釋放出了一個信號，他很樂意柳枝兒見林東。

「枝兒，你爸的想法我明白了，他猜到了你今天出來是為了見我。」

柳枝兒大驚失色，「東子哥，你別嚇我，讓我爹知道我進城就是為了見你，肯定會打我的。」

林東握住柳枝兒冰冷的手，柳枝兒渾身一顫，心底裏生出一股暖流，迅速流遍了全身，令她不再覺得北風是寒冷的。

「枝兒，你別害怕，你爹的態度我摸清楚了，他是希望你出來見我哩。如果你出來不是為了見我，回去之後才會挨他的罵哩。」林東笑道。

柳枝兒一臉的不信，「不會，當初我爹把咱倆的親事悔婚了之後，我一直想離家出走，他一天到晚的在家看著我，不讓我離家半步。還說這輩子都不讓我再見你，他怎麼會希望我見你呢？」

林東道：「枝兒，你仔細想想你爹反常的表現？他很可能已經猜到你進城是為了見我，那為什麼不僅不阻止，而且還讓你媽拿錢給你呢？這足以說明你爹是支持你出來見我的。同時，你爹那麼做，也是想告訴我他的態度。」

經過林東細心的解釋，柳枝兒漸漸明白了過來，臉上漸漸浮現出了笑容，她沒想到她爹會支持她。

「枝兒，現在放在我們面前唯一的障礙，就是王東來了。我對王東來不瞭解，這個你得配合我。」林東握住柳枝兒的手，感受到了柳枝兒手心越來越熱的溫度。

柳枝兒仰起頭，「東子哥，王東來是不會同意和我離婚的，他那個人我太瞭解了，他寧願毀了我，也不會放過我的。」

林東問道：「王國善是你公公嗎？」

柳枝兒點點頭，不知林東忽然提起王東來他爹幹嘛。

「我聽說王國善是個老好人，王東來聽不聽他爹的話？」既然王東來是個說不通的混蛋，林東就打算從他爹王國善那裏入手。

柳枝兒臉一冷，「東子哥，王國善也不是什麼好東西，當初我和王東來的親事，就是他找我爹談的。結婚之後，他多次和王東來說過，要王東來看好我。更令人氣憤的是，王國善還……」剩下的話，柳枝兒根本無法說出口，站在那兒，眼圈倏地就紅了，看來是受了極大的委屈。

林東握緊柳枝兒的手，心疼的道：「枝兒，這一切很快就會過去了。王家父子到底對你做了什麼，你原原本本的告訴我，我要讓他們付出代價。」

柳枝兒道：「王國善見我嫁到他們王家有一年了，肚子就是不見大，就找我興師問罪，對我百般辱罵。後來有一次我實在受不了了，就把真相說了出來，王東來小時候從牆頭上摔了下來，不僅摔斷了一條腿，就連……那個也摔壞了，他根本就不是個男人。王國善聽了之後，大為震驚，看來他並不知道兒子沒有那方面的能力。後來……後來他就經常趁王東來出去賭錢的時候騷擾我，但是我寧死不從，他每次都被我打了回去。」

林東聽了柳枝兒的話之後，氣得渾身發抖，王國善這個偽君子，簡直畜生不如，竟然會對自己的兒媳婦生出這樣的邪念，殺了他都不足以解恨，比起混蛋王東來，更是可惡萬倍

「枝兒，王家父子是怎樣對你的，我記在了心裏。你放心，我一定會讓他們付

出代價！」林東咬牙切齒道。

柳枝兒怕林東做出什麼極端的事情，憂心忡忡的道：「東子哥，你不要做傻事，姓王的父子倆都不是人，不值得你動手的。」

林東把柳枝兒摟到懷裏，「枝兒，你放心，我鬥智不鬥力，犯法的事情我是不會做的。」

柳枝兒被他摟進懷中，漸漸的展開雙臂抱住了林東，在他懷裏低聲的啜泣。

「回家之後，你告訴你爹，就說不想回婆家過年，讓他幫你想辦法，我想你爹應該會有辦法的。」林東道。

柳枝兒擦乾眼淚，「東子哥，可我的衣服什麼的，都還在王東來家呢。」

林東笑道：「枝兒，這算什麼事，你缺什麼，我現在就給你買去。」

柳枝兒搖搖頭，「東子哥，我不能用你的錢。」

林東道：「枝兒，還記得嗎？以前我們家裏窮，一年也吃不上幾頓肉，你們家不一樣，天天大魚大肉的吃著。趁你爹媽不在家的時候，你總是會偷偷的把家裏吃剩下的菜拿給我吃。有時候你們家包餃子，你會趁你爹媽不注意的時候藏一碗起來，然後偷偷帶到後山，看著我吃。枝兒，這些事情我永遠都不會忘記，我給你買再多的東西，也遠遠比不上你當初帶給我吃的餃子包含的情意深重。」

「東子哥……」柳枝兒的淚水又一次流了下來，只不過這一次的眼淚是甜的，因為滿心都是甜蜜的。

林東道：「我看根子已經玩得差不多了，我去把他喊過來，我們一起去商場逛一逛。」

柳枝兒點點頭。

林東找到柳根子，把他帶到柳枝兒那兒，「根子，我們去商場逛逛好不好？」

柳根子一聽又要去新地方了，當然沒有意見，「好啊，那我們趕緊走吧。」柳根子在中間，牽著林東和柳枝兒的手，三人一起出了遊樂場。上了車，林東開了不遠，就到了山陰市最好的商場。

林東知道柳枝兒從王東來家裏出來的匆忙，什麼也沒帶，所以就打算替她把什麼都給買全了。柳枝兒來過這個商場一次，是和王東來一起來的，結婚之前，他倆到這裏來買過結婚時要穿的衣服，可當時卻是一點都沒有出嫁前的喜悅。

林東在一樓給柳枝兒買了些護膚品，他也不懂這些東西，只聽過高倩說過哪個牌子的水好，哪個牌子的凝露好。高倩是這方面的行家，說的應該不會有錯，林東就按照高倩所說的，打算各樣給柳枝兒買了一些。

「東子哥，這裏的東西太貴了，我們鄉下人用這個不合適，我看還是別買了吧。我有個雪花膏就足夠了。」柳枝兒看到這些護膚品的標價，簡直讓她瞠目結舌，太貴了。

「枝兒，這一年來你受苦了，買些好東西用用也是應該的，你難道不想讓你的皮膚恢復到以前那樣嗎？你乖乖的聽話，不要覺得貴，我買得起。」林東握住柳枝兒的手道。

柳枝兒也就任他買了。

買完護膚品，又去樓上女裝買了裏外穿的衣服，逛到了賣玩具的樓層，林東給柳根子買了一把很大的玩具槍和一個汽車模型，柳根子開心的不得了，回去村裏的夥伴們看到了這兩樣好東西，又該羨慕的紅了眼了。

「枝兒、根子，我們吃了晚飯再回去吧？」林東問道。

柳枝兒道：「那樣會不會太晚了？」

柳根子拉了拉姐姐，「姐姐，好不容易進了一趟城裏，就吃了晚飯再走吧。」

柳枝兒道：「吃了晚飯回鎮上的班車就沒了。」

柳根子道：「姐，東子哥不是有車嘛，他的車比班車舒服多了。」

林東笑道：「枝兒，你看你還沒根子看得明白，吃晚飯後坐我的車回去。」

第八章

難忘舊愛

林東將與柳枝兒的事情說了出來，言者悲戚，聽者悵然。

「林東，你仍然愛著她？」聽完林東的故事，顧小雨帶著哭腔道。

林東點點頭，「我還愛著她。枝兒的不幸我有很大的責任，如果不是我無能，沒能在大學畢業之後找到一份好工作，她爸也不會悔婚，那麼她現在也就不會活在痛苦之中。」

柳枝兒拉著弟弟的手，走在鄉間黑漆漆的小路上，走了十來分鐘，就進了村。

「根子，千萬別說漏嘴了，不能讓咱爸知道今天下午我們見到你東子哥了，否則以後你別想姐再疼你。」進村後，柳枝兒再次提醒道。

柳根子不耐煩的道：「姐，我記住了，倒是你，放鬆一些，你瞧你的手心，都是汗。」

柳枝兒矢口否認，「我不是緊張，你姐我手心本來就容易出汗。」

柳根子笑了笑，「到家叫媽把中午沒吃完的西餐熱一熱，讓她和爸也嘗嘗。」

柳枝兒知道弟弟的心思，笑道：「你屬豬的啊，不會又想吃了吧？」

柳根子摸摸肚子，「一覺睡醒，又開始回味起來了。」

二人說笑著就到了家門前，柳根子跑到大門前，一推門，門就開了，回頭笑道：「嘿，姐，爸留著門呢。」

姐弟倆進了院子裏，柳大海和孫桂芳都出來了。

孫桂芳見姐弟倆平安歸來，上前摟住柳根子，「根子，怎麼那麼晚才回來，急死媽了。」轉而責怪柳枝兒，「枝兒，你弟弟那麼小不懂事，你都那麼大了，不知道趁早回家啊。」

柳大海道：「孩子們好不容易進趟城，當然得好好玩玩嘛。你就別絮絮叨叨的了。」

柳根子舉起手裏的東西，「爸媽，姐姐帶我吃西餐了，我們給你們留了點。」

孫桂芳摸著柳枝兒的頭，笑道：「大海，瞧咱的根子，多懂事。」

柳大海瞄了一眼女兒手裏的東西，「枝兒，買了不少東西啊。」

柳枝兒答道：「是啊。」然後就進了房，把東西放了下來。

孫桂芳知道兒子累了，伺候柳根子睡覺去了。柳大海背著手走進柳枝兒的房裏，「枝兒，下午王東來來過了。」

柳枝兒道：「他來作甚？」

柳大海笑道：「嗨，還不是來接你回去的唄。」

柳枝兒想起林東的話，說道：「爸，我今年不想回婆家過年了，你幫我想想辦法。」

柳大海沉吟道：「哪有賴在娘家過年的規矩，這辦法不好想啊。對了枝兒，你們那麼晚回來，縣城往咱鎮上的班車早沒了，你們怎麼回來的？」

柳枝兒支支吾吾，「噢，我們是搭車回來的，車一直把我們送到村口。」

柳大海從女兒慌張的神態中已經看出了端倪，笑道：「枝兒，爹替你想辦法，王東來那個畜生還會來的，我一定罵走他。」

柳枝兒道：「爸，我公公要是來了，你怎麼辦？」

柳大海哼道：「你爸怕他不成？王國善要是敢來，我一樣轟他走。」柳林莊這個強人強硬了起來，他已知道了林東的想法，他這個女兒素來沒什麼主見，這次竟然能要求留在娘家過年，背後一定是林東唆使的。

「枝兒，你買了那麼多東西啊，錢夠花嗎？」

柳大海看到女兒在整理今天買回來的東西，湊過來看了看。當他看到衣服吊牌上的標價，頓時倒吸了一口涼氣。

柳枝兒沒有工作，也沒收入，王東來就是一個好吃懶做的寄生蟲，除了賭博和打老婆，一天到晚什麼事都沒有，更別說他給柳枝兒錢了。結婚這一年多，柳枝兒要用錢，還都是娘家出的。

柳大海清楚柳枝兒身上有多少錢，她今天買回來的這堆衣服，哪一件都上千，豈是柳枝兒能買得起的

「枝兒，你今天買的衣服都挺好看的啊，快過年了，也該買點新衣服了。逛了一天累了吧，爸出去了，趕緊睡覺吧。」柳大海笑呵呵的走出柳枝的房間。

「看來東子哥說的對，爸態度那麼好，看來真的是支持我和東子哥在一起的。」柳枝兒心道，能得到父親的支持，她的心裏踏實多了。

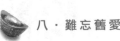

柳大海從柳枝兒的房裏出來，就進了柳根子的房間。孫桂芳正在給柳根子洗腳，柳根子手裏拿著下午買的玩具槍，正在興奮的把玩著。

「根子，這槍誰給你買的？」柳大海問道。

柳根子答道：「當然是我姐了，還能有誰。」

柳大海心中笑道，「這小傢伙，小小年紀撒起謊來臉不紅心不跳，好樣的，以後定能幹大事。」說道：「根子，跟爸說說，這一天都去哪兒玩了。」

柳根子說話滴水不漏，隻字未提林東，輕描淡寫的把這一天去過的地方說了一遍。

「爸，我累了，你要是想聽，我明天跟你說遊樂場有啥好玩的。」柳根子道。

柳大海道：「你爸沒興趣，睡吧。」

孫桂芳和柳大海回到自己的房裏，對柳大海道：「大海，根子今天買了不少東西，我看都不便宜啊。」

柳大海道：「怎麼啦，不是你吩咐枝兒給她弟弟多買點東西的嗎？」

「可是枝兒自己也沒少買啊，我就給了她五百塊錢，怎麼夠呢？」孫桂芳疑惑道。

柳大海腦筋轉得極快，「你沒瞧見電視上天天放著哪個商場打折的消息嘛，這不快過年了嘛，商場裏都打折呢，東西比平時要便宜多了。」

孫桂芳點點頭，「唉，早知道多給枝兒點錢，讓她給咱倆也買些衣服。」

柳大海道：「咱倆就別趕那時髦了，那麼大歲數了，要啥好，鎮上那麼多賣衣服的，隨便買件好了，再說城裏的東西也不一定比咱鎮上的好。」

孫桂芳道：「說的也是。」

柳大海想起柳枝兒說要在娘家過年的事，對老伴說道：「以後王家的人要是再來的話，一律不許進家門。」

孫桂芳大驚，「大海，你這是要幹啥？」

柳大海道：「枝兒是咱的親骨肉不？這一年你看看枝兒瘦了多少，都憔悴成啥樣了。我決定了，咱枝兒不能再跟著那瘸子過日子了。」

孫桂芳埋怨起來：「大海，當初王國善找上門來的時候，我是極力反對這門親事的，當時你鬼迷心竅，以為王國善這個副鎮長能幫上你什麼，把咱的枝兒嫁給了那個瘸腿子。現在看到枝兒不幸福，你當爹的也知道難受了吧。」

柳大海受不了老婆的埋怨，「哎呀呀，你就別說了嘛，我不是認識到錯誤了嘛。你說吧，你贊不贊成枝兒離婚？」

孫桂芳大驚失色，她一個農村婦道人家，認定跟了一個男人就該跟一輩子，從來沒想過讓女兒離婚，「大海，枝兒要是離了婚，咱且不說咱這張老臉往哪兒擱，枝兒以後該怎麼辦？你也不是不知道咱們這兒，離了婚的女人，除了老光棍，誰還會要？」

柳大海笑了笑，低聲道：「村東頭姓林的那小子，你看怎麼樣？」

孫桂芳沒反應過來，問道：「哪個姓林的？」

「東子啊！」柳大海跺腳道。

孫桂芳眼睛睜得老大，「大海，你異想天開了吧？當初咱家把事情做得那麼絕，現在老林家倆口子跟我們對面相逢都不講話，你還指望東子娶咱枝兒？況且東子現在有大出息了，他還能看上一個離了婚的女人？」

柳大海笑道：「你不也發現枝兒這次回家情緒很不錯嘛，這說明什麼問題你想過沒有？今天枝兒提回來的那些東西，我看到了，都很貴，她哪來的錢？」

孫桂芳道：「你懷疑是東子給的？」

柳大海道：「不是懷疑，是肯定。枝兒肯定跟東子見過面了。而且東子這小子是個重情義的人，咱家要對不起他，也是咱倆口子對不起他，枝兒卻沒有半分對不起他，當初枝兒對他有多好，你不是不清楚。我猜東子肯定對枝兒餘情未了。」

聽柳大海那麼一分析，孫桂芳的臉上也浮現出了喜色，「枝兒要是能跟東子在一起，這是最好不過的了。」

柳大海道：「枝兒今年就在家過年了，姓王的要是上門來要人，打發他滾蛋。」

孫桂芳道：「行，大海，我聽你的。」

柳大海點了支煙，「給我打盆洗腳水去，我早點睡，明兒一早去老林家，請老林來咱家把圈裏的肥豬宰了。」

孫桂芳端來洗腳水，伺候柳大海洗澡，「大海，老林會答應嗎？」

柳大海歎道：「我最怕的也是他們倆口子會不同意。但畢竟是咱家對不起老林家，都是一個村的，抬頭不見低頭見，我得主動點化解兩家之間的恩怨，就從明天去請老林殺豬開始吧。明兒中午你整一桌好菜，我要留老林在家吃飯。」

孫桂芳笑道：「這沒問題，上午我讓根子騎車去鎮上買瓶好酒，你和老林好好喝喝。」

柳大海點點頭，「明天你少說話，一切看我的，千萬別提枝兒和東子的事情，還沒摸清老林倆口子的心思，這事我們不能先提，否則可能會給東子帶去麻煩，那咱滿心的打算就都泡湯了，知道了嗎？」

「哎，我記住了。」孫桂芳道。

林東開車到了家門前，林母聽到聲音，從屋裏走了出來。

「東子，怎麼那麼晚才回來？」

林東撒了個謊：「同學聚會，吃完飯又被拉著玩了一會兒，一玩就忘了時間了。媽，你們還沒睡啊。」

林母道：「不著急睡覺，下午剛蒸的饅頭，我擱在鍋裏，還熱乎著，我拿兩個給你嘗嘗。」

林東晚飯沒吃多少，牛排都給柳根子吃了，肚子也有點餓了，笑道：「好啊，媽，有啥餡的？」

「蘿蔔和油渣餡的、豆腐青菜餡的，還有紅豆山芋餡的，對了，還蒸了好些肉包子。」林母笑道。

「媽，我要蘿蔔餡的和山芋紅豆餡的。」

林母揭開鍋，熱氣蒸騰，從鍋裏拿出兩個熱乎乎的饅頭，「大鍋裏還有稀飯，要不要來一碗？」

林東嘴裏塞著饅頭，點點頭，「嗯……好。」

林東常年不在家，好不容易回來幾天，林母是盼著兒子天天就在她眼前轉悠，想起兒子小的時候，她走到哪裏，林東就跟到哪裏。現在兒子已經長大成人了，再也不可能像小時候那樣黏著她了。

林母看著在啃饅頭的兒子，眼睛濕潤了。

「媽，我忘了買電腦回來了。」林東一拍腦袋。

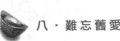

這時，林父走進了廚房，「東子，下午電信局來人了，把咱家的電話給裝了起來。」

林東笑道：「好啊，那以後就不必去麻煩隔壁二叔了。對了爸，我那天問媽了，你們年紀都大了，應該找點輕鬆的事情做做。爸，我看你也是時候放下你的瓦刀了，我想在鎮上給你們買套房子，你們做點小生意，開個小超市或者五金店什麼的。你看怎麼樣？」

林父抽著煙，「你爹媽哪是做生意的料子，再說了，我們搬到鎮上了，咱這兒的家不就沒人了嘛，那哪成？這可是咱家的祖宅。」

林東知道說不過父親，笑道：「爸，既然你不願意去鎮上就算了，但是瓦工的活兒太累人了，你就別幹了吧，咱家又不缺你那點工錢。」

林父道：「東子，你爹知道你的心思，但我幹了一輩子的瓦匠，扔了瓦刀我能幹啥呢？你不用擔心我的身體，才五十嘛，還能幹十來年。你瞧見後莊你林宏大伯沒？七十了，照樣在工地上幹活，而且幹的一點都不比年輕人差。」

林東本想讓父親帶一幫人去溪州市接他的工程，但一想到父親離家之後，母親就一人在家，孤孤單單的，於是就打消了這個念頭，「爸，我給你點錢，你買些工具，自己攬活，做個包工頭吧，既不讓你放下瓦刀，也不會太累，這樣可以吧？」

林母幫腔道：「老頭子，我看這行。咱大廟子鎮這些個瓦工都聽你的，你可以帶著他們幹啊！」

林父點點頭，「這個可以，等我找幾個老朋友商量商量，要是大家肯跟著我，我就去包工地。」

林東笑道：「爸，你肯定能幹好，對了，你的自行車也該扔了，騎了多少年了，哪有包工頭騎自行車的，換輛摩托車吧。」

林父道：「好啊，我早就想弄輛摩托車了，這下總算如願了。」

「是啊，你是托兒子的福了。」林母在一旁開心的笑道。

「媽，再給我盛一碗稀飯。」林東把碗遞給了母親。

太陽從東方升起，沉寂了一夜的小村莊熱鬧起來了。被主人關在院子裏一夜的土狗此刻紛紛衝出院子，在野地裏、山溝裏，穿梭奔跑。偶爾也會有一兩隻公狗為了爭奪某隻母狗的青睞而翻滾著撕咬。

天亮了，大公雞昂起高傲的頭顱，不遺餘力的打著鳴。窗台上的貓兒正在瞇著眼睛曬著太陽，眼睛不時睜開一條細縫，朝聒噪的公雞看一下，心想這個討厭的傢伙，每天早上都要吵得我睡不安穩。

院子裏和門前的土路上都覆蓋了一層白白的霜，白色的晶體，像撒了一層鹽似的。村外一望無際的麥田裏，碧綠的麥子上也蓋了一層薄薄的白霜。

林東起來後，站在家門前，眺望著遠方。

快過年了，在外打工的村民們幾乎都已回到了家，小村最熱鬧的時刻就快到了。

林輝倆口子端著飯碗，從院子裏踱了出來。村裏人早上吃飯的時候，最喜歡端著飯碗四處蹓躂，幾個人碰到一起，話題一扯開，就有的講了。

「二叔、二嬸，吃著呢。」林東打了聲招呼，上前敬上一支煙給林輝。

林輝笑著接過了林東遞來的煙，手裏端著飯碗，不方便立馬就抽，就把煙夾在了耳朵上，問道：「東子，你家還沒吃呢？」

林東笑道：「是啊，我媽還在燒呢。」

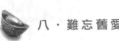

林輝家裏的蔡竹芬笑道：「東子，你等著，我給你拿個饅頭嘗嘗，昨兒下午剛蒸的。」

林東趕緊擺擺手，「二嬸，別拿別拿，我家也有，馬上就好了。」

正當蔡竹芬打算轉身去給林東拿饅頭的時候，林母從院子裏走了出來，叫了一聲，「東子，吃飯了。」

林東笑道：「二嬸，別拿了，我家飯好了。」

林東進了院子，林父已經端著飯碗走到院子外面，朝林輝走去，二人聊起了家常。

林母給兒子盛了一碗稀飯，又拿了一個饅頭給林東。林東左手端著飯碗，右手拿著饅頭，也去了外面。

「哥，你家圈裏的肥豬該殺了吧？」林輝和林父站在院子外面林東家豬圈的旁邊，端著飯碗，看著圈裏的肥豬。

林父道：「是哩，打算今天下午宰，你下午如果沒事，待在家裏不要走，殺豬的時候，少不了請你幫個忙。」

林輝笑道：「哥，我沒事，到時候你吆喝一聲，我就過來幫忙。」

林東端著飯碗走到他們旁邊，嘴裏哈出白氣，「二叔，你估估我家這頭豬有多重。」

林輝道：「這能難得倒你二叔？要我看，該有一百八十斤。」

自從林東回來之後，左鄰右舍都喜歡到他家串門。這不，家家戶戶端著碗出來吃飯，看到林東家門口有人，都端著飯碗過來了。

西邊的林大牛道：「二哥，我看你看的不準，那麼大的一頭豬，至少也得有二百斤。」

林輝朝林大牛看了一眼，「你懂個啥？我養了那麼多年豬，能沒你清楚？」

林大牛道：「二哥，我家那頭豬看上去還沒老林哥家的這頭大呢，還一百九十幾斤。」

二人爭執不下，各有各的道理，雙方身後都有支持自己的鄉親。

只聽一聲咳嗽聲傳來，眾人回頭望去，見柳大海走了過來，紛紛散開，讓出一條路來。

柳大海站在豬圈前，往裏面看了一眼，「我看吶，這頭肥豬至少有兩百斤。」

所有人都不說話，連一個應和他的人都沒有。

林家和柳大海家的事情全村人都知道，林東家門口的除了柳大海之外，都是林姓一族的，所有人都對柳大海的突然到來，感到非常的奇怪與驚訝。

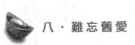

林東先反應了過來，上前遞了一支煙給柳大海，「大海叔，抽煙。」

柳大海朝林東點點頭，略帶微笑的接過了林東遞來的香煙，轉而對林父道：「老林哥，上午有空沒？俺家的豬也還沒殺，想請你幫個忙啊。」

林父沒想到柳大海會請他去殺豬，兩家人已經有一年多沒有說過話了，柳大海的突然到來，顯然讓他感到有些措手不及，不過柳大海既然開口了，以他的性子是不可能拒絕的。

「那就上午吧，你回去準備一下，我吃完飯就過去。」林父道。

柳大海遞了一根煙給林父，笑道：「老林哥，那我這就回家準備去了。」說完，柳大海一轉身就往村子西頭走去了。

等他走遠之後，林姓一族的人就開始議論起來。

林輝望著柳大海的背影，「哥，不對勁啊，柳大海怎麼來找你殺豬了？去年過年，他不是找小劉莊的劉五殺的豬嘛。」

林父沉吟道：「我也覺得納悶，不過人家既然上門來請，我就不能不去。」

只有林東一人知道柳大海那麼做的原因，他是希望借此機會來化解兩家的矛盾。

林姓族人聚在林東家門前議論了一會兒，吃過早飯，眾人就都散去了。

林父回到家裏，把這事情跟林母一說，林母也覺得不對勁。

「老頭子，柳大海這是怎麼了？」林母道。

林父道：「我也不知他哪根筋搭錯了。」

林東笑道：「爸，我看大海叔多半是覺得大家都是一個村的，抬頭不見低頭見，關係鬧得太僵總是不好，所以主動來請你幫忙，就是為了化解咱兩家的矛盾哩。」

「嗨，柳大海也不容易，他家枝兒現在過得那麼不好，我看著都心疼，枝兒是他的親閨女，他能不心疼？我看啊，咱兩家的仇怨也該化解了。」林母道。

林父點點頭，「是啊，冤家宜解不宜結。好了，我去了。」林父收拾好工具，拎著工具包，嘴裏叼著一根煙，就出了家門，往柳大海家走去。

過了不久，林東也開著車出門去了。

他開車到了鎮上，去了邱維佳家裏，一問才知道，邱維佳昨晚上沒回來。他想邱維佳一定是昨天下午去赴凌珊珊的約，住在酒店裏了。

林東駕車往縣城去了，在路上給顧小雨撥了個電話。

顧小雨接到林東的電話，顯然沒想到林東會那麼快聯繫她，聲音裏透露出興奮與喜悅，「老同學，找我有事嗎？」

林東笑道：「班長，我還真的找你有事。你中午方便嗎？我請你吃飯。」

顧小雨道：「方便，嚴書記回省城的家裏過年去了，我也相當於放了假。要不還是我來請你吃飯吧，你也知道，我請你吃飯是不需要自己掏錢的。」

林東笑道：「跟你我也就不客氣了，那中午十二點見面吧。我去縣委大院接你。」

顧小雨道：「好，你早點過來，我十一點半就下班了。」

「行。」

和顧小雨約定好時間，林東就掛了電話。他仔細思考過了柳枝兒的事情，如果想讓柳枝兒順利離婚，王國善肯定是最大的絆腳石。王東來是個沒有主見沒頭腦的混蛋，王國善卻是個老謀深算城府極深的老油子。

林東心想，王國善好歹是個副鎮長，在懷城縣來說，這也是個可以的官了，做官的最怕上級，顧小雨是縣委嚴書記的秘書，如果顧小雨答應幫忙，王國善這邊就應該很好解決了。

到了縣城，林東並沒有停車，而是開車直奔市區去了。顧小雨雖然是他的同學，但請人辦事，少不了要送些東西聊表心意。林東去了山陰市最好的商場裏，給顧小雨買了兩萬塊的購物卡。

從商場裏出來之後，林東一看時間，已是十一點了，就趕緊開車往懷城縣去了，到了縣委大院，正好十一點半。

他站在大院裏給顧小雨打了個電話，「班長，我到了。」

顧小雨在電話裏說道：「你稍等一會兒，我馬上下來。」

掛了電話，顧小雨把桌上的一疊文件塞進了包裏，穿上外套，拎起包，就出了辦公室。

林東還是第一次進縣委大院，懷城縣縣委大院的房子已經很舊了，青磚青瓦，不過院子裏的綠化卻很不錯，給人一種古色古香的感覺。

「林東。」

顧小雨從辦公樓裏面走了出來，在林東背後叫了一聲。

林東轉過身去，朝她笑了笑。

正值下班時間，許多人從辦公樓裏走出來去食堂，一路上不少人見了顧小雨都恭恭敬敬的和她打招呼，顧小雨雖然是懷城縣一把手的秘書，卻也顯得很沒有架子，一一回應。

顧小雨穿了一件米色的羽絨服，走到林東面前。

林東拉開車門，「顧秘書，請上車吧。」

顧小雨掩嘴一笑，坐進了車內。

林東上了車，開車駛出了縣委大院。

顧小雨笑道：「剛才那麼多同事看到你開車接我，看來縣委大院又要風傳一陣子關於我的緋聞了。」

林東道：「班長，你不會還沒交男朋友吧？」

顧小雨點點頭，「懷城縣這麼個小地方，找個稱心如意的男人談何容易。」

林東明白，顧小雨學歷高，人長得又漂亮，關鍵還是縣委書記的秘書，在懷城縣眾多男人的眼裏，她都是如神話一般的存在，高高在上，只可遠觀。

「班長，你這年紀，家裏面給你不少壓力吧？」林東笑道。

顧小雨歎道：「是啊，每次回家，我爸媽都張羅著給我相親呢。」

顧小雨滔滔不絕的講起自己辛酸的相親之路，這其中不乏有山陰市本地的官宦之後與富商之子，不過無一例外的是，這些人都沒能進入她的法眼。

林東將車開出了縣委大院，笑問道：「班長，我記得大學裏你不是談了一個很帥氣的男朋友嗎，為啥分了？」

顧小雨臉上掠過一絲哀傷，「唉，你說風劍名啊，就是因為他長得太帥了，又是學表演專業的，還沒畢業就被影視公司看重了。為了自己的大好前程，把我給甩了唄。三年的青春，買一個教訓，長得好看的男人靠不住。」

林東笑了笑，「原來是做了大明星了，不過我看他未必配得上你，那人陰柔有之，但陽剛不足。」

顧小雨不願意再聊自己的事情，問道：「林東，別說我了，你呢？」

林東道：「今兒個找你出來，就是為了談這個。」

顧小雨芳心怦怦直跳，心想難道他找我出來是要跟我表白的？如果真的是這樣，我該怎麼辦？

「班長，咱到底上哪兒吃啊？」林東把車停在路邊，問道。

顧小雨回過神來，看了看車外，說道：「一直往前開，前面有個縣委的招待所。」

林東一踩油門，車子往前駛去。往前開了不遠，就到了顧小雨所說的招待所門前。

「到了，咱們下車吧。」顧小雨推開車門，下了車。

林東將車停好，也下了車，跟著顧小雨進了招待所。

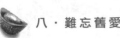

所長李德高見顧小雨進來，慌忙跑了過來，問道：「顧秘書，是不是嚴書記要招待客人？」李德高之所以那麼問，不是沒有原因的。嚴書記如果要在招待所招待客人，肯定會提前讓顧小雨過來打點打點，親自定好要那些菜，所以李德高看見顧小雨進來，就以為是嚴書記要招待客人。嚴書記的客人，整個招待所上下，是絕對不敢怠慢的。

顧小雨笑道：「李所長，別緊張，不是嚴書記要招待客人，是我一個老同學來了，你安排一下。都是懷城人，準備幾個咱懷城的特色菜就可以了。」

李德高看了一眼林東，伸頭看到了外面停著的賓士，心想這小子一定是個富家公子，應該是在追求顧小雨。

「顧秘書，你們裏邊請，本地菜我最熟悉，我親自下廚給你們整幾個。」

顧小雨點點頭，「李所長，那就多謝了。」說完，帶著林東往裏面走去。

招待所從外面看上去非常不起眼，但是內裏卻別有洞天，迴廊曲折，花木叢生，假山假石，溪水繞流，一看就知是仿照園林所建的。

顧小雨帶著林東行走於長廊中，轉了幾個彎，進了一間紅牆綠瓦的房子裏，這房子從外面看上去相當不起眼。

進去一看，才知裏面並不簡單，清一色的仿明朝的傢俱，用的都是上等的木料，紋理優美，散發出淡淡的木香。

「呵，不進來，我還以為咱懷城縣的招待所就是個大雜院呢。」林東笑道。

顧小雨笑道：「你還別小瞧了咱們懷城，雖然是全國一百個貧困縣之一，但是這些給外人看的東西，卻不能顯得寒磣。要知道人要臉樹要皮，這些面子上的東西，是萬萬不能馬虎的。否則像你們這樣的富商，進來瞧一眼，還不得被嚇跑了。」

林東知道顧小雨說的有道理，正如他當初考慮買車的時候，本打算只買輛二十來萬的車就行了，但溫欣瑤卻偏偏給他買了一輛奧迪Q７，這就是面子上的問題。否則他若是開著二十萬的車出去談客戶，客戶一見那車，和他談下去的欲望就減了一半。

顧小雨請林東坐下，給林東泡了杯茶，「這間房平時可都是嚴書記招待貴賓用的，今兒她不在，我就借花獻佛了。」

林東在房間裏踱步走了一圈，「哈哈，我還真是好大的面子，看來今兒是來對了。」

二人聊了不多時，李德高就領著人將菜肴送了進來，雖只有兩個人，他卻是準備了四道涼菜，四道熱菜。菜放下之後，李德高識趣的帶著人離開了。

「太浪費了，咱倆哪能吃的了這麼多。」林東看著滿桌子的懷城土菜，搖頭道。

顧小雨笑道：「林老闆批評的對，待會我就去找李德高，讓他以後一定要克服這鋪張浪費的習慣。」

二人相視一笑。

「請坐吧。」顧小雨請林東坐下，脫下了穿在外面的羽絨服，裏面穿了件鵝黃色的毛衣，緊緊的裹在身上，露出凹凸有致的身材。

林東坐了下來，顧小雨從櫃子裏拿出一瓶酒，「老同學，知道你在外頭喝的都是五糧液、茅台之類的名酒，我估計你也喝膩了，今天就讓你嘗嘗咱們本地的懷城大麯。」

林東大感新鮮，「班長，嚴書記不會就拿五塊錢一瓶的懷城大麯招待客人吧？」

顧小雨瞧見他詫異的目光，點點頭，「有的時候還真是。不過咱今天喝的懷城大麯和你以前喝過的不一樣，是懷城酒廠特供的，每年只有三百瓶，數量極少，五塊錢你是萬萬買不來的。」

林東搓搓手，「原來如此，那我可得好好品品這特供的懷城大麴。」

顧小雨將懷城大麴從包裝盒裏取出，瓶子和市面上所售的懷城大麴很不同，要精緻漂亮許多。旋開瓶蓋，林東就聞到了濃濃的酒香。

「呵，果然是特供酒，還未喝到，就快被這酒香給醉暈了。」林東笑道。

顧小雨為他斟滿一杯，後又為自己斟上一杯，舉杯道：「林東，我敬你一杯。」

林東看看這杯子，一杯酒至少有二兩，「班長，這一杯可不少啊。」

顧小雨微微一笑，端起酒杯一飲而盡，二兩酒不費勁就下了肚。

林東手裏端著酒杯，目瞪口呆，半晌才回過神來，「我記得高中畢業聚會，你連一瓶啤酒都喝不下，現在看樣子，一斤白酒下肚你也沒大問題。」

顧小雨搖頭苦笑，「外人看我跟著嚴書記，表面上風光無限，可你哪知道我們做秘書的苦，什麼都得會，什麼都得想得到。我的酒量起初是不行，但嚴書記基本上天天有應酬，她是領導，不能喝醉，所以就只能我撲上去替她擋酒。一個月三十天，我每天兩頓酒，這酒量能不上來嗎？唉，喝多了實在難受，就跑進洗手間，扣著喉嚨把胃裏的東西全吐出來，然後回去再喝。剛工作那會兒，經常上午我還在醫院打吊瓶，中午和晚上繼續喝。你也發現我瘦了，其實是我工作之後才瘦下來的，整整瘦了二十幾斤。」

林東沒想到顧小雨風光的表面下掩藏著如此辛酸的經歷，把她面前的酒杯拿了過來，「班長，我們老同學見面，不是應酬，今天你就別喝了，這一瓶懷城大麯特供酒讓我一人來吧。」

顧小雨遇到的人都是想著法子灌她喝酒，很久沒遇到像林東這樣體貼她的人了，心裏忽然想起了高三時下第一場雪的那個中午，心裏溫暖一片，說不出的感動與歡樂。

「行，待會你帶兩瓶回家給伯父喝，讓他也嘗嘗咱們本地的特供酒。」

林東自斟自飲，與顧小雨漫無邊際的聊起大學畢業之後的經歷。顧小雨畢業之後順風順水，進了縣委大院工作，很快就被嚴書記看重，成為嚴書記的秘書。她聽到林東曾做過倉管員，住在地下室裏，忍不住皺了皺眉頭。

「對了林東，你還沒說找我什麼事呢。」顧小雨提醒道。

林東的臉色凝重起來，「班長，我給你講個故事吧，真實的。高中畢業，我考上了不錯的大學，成為村裏第一個大學生，咱們村的村書記家的女兒和我從小青梅竹馬……」

林東將與柳枝兒的事情說了出來，言者悲戚，聽者悵然。顧小雨一邊抹著眼淚一邊聽林東講述這段故事。當林東說到柳枝兒如今的處境，顧小雨作為一個女人，既為她感到悲哀，又覺得她可憐，哭的眼睛都紅了。

「林東，你仍然愛著她？」聽完林東的故事，顧小雨帶著哭腔道。

林東點點頭，「我還愛著她。枝兒的不幸我有很大的責任，如果不是我無能，沒能在大學畢業之後找到一份好工作，她爸也不會悔婚，那麼她現在也就不會活在痛苦之中。」

顧小雨道：「我很同情她，可這畢竟是你們兩個人的事情，我能幫得上什麼忙？」

林東道：「王國善這個名字你聽說過嗎？」

顧小雨點點頭，「大廟子鎮的副鎮長，我認識。」

「他就是這場悲劇的製造者，是他找到了枝兒的父親，所以枝兒才會嫁給那個瘸子。」林東平靜的道。

第九章 冤家宜解不宜結

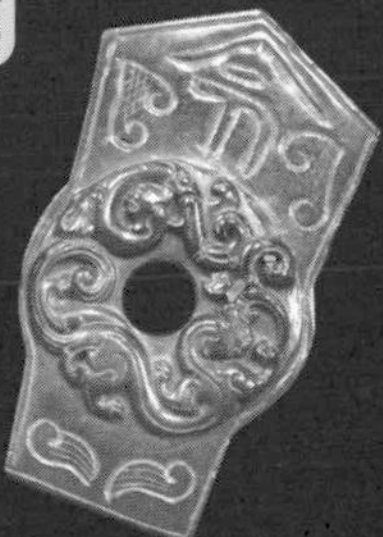

林父道：「你不是不知道我的規矩，替人殺豬從來不在人家吃飯的。」

柳大海道：「老林哥，你要是走了，就是不給我柳大海的面子。」

林父一想，冤家宜解不宜結，如果走了，可就錯過和柳大海家和好的機會。

他今天來這裏，不正是抱著緩解兩家關係的目的來的嘛。

顧小雨道：「林東，咱們是老同學，我也不瞞你，嚴書記對於王國善是很有意見的。王國善這個人，老奸巨猾，表面上看上去誰也不得罪，但工作能力實在很差，這些年他分管的工作全都一塌糊塗，所以這麼多年了還在副鎮長的位置上。」

林東向顧小雨說出了他的想法，「班長，我打算先找王國善談談，如果他能勸服王東來與枝兒離婚，我願意給他們父子一筆錢。如果他不願意，我就要採取一些非常手段了，到時候你能不能幫幫忙。」

顧小雨道：「林東，嚴書記早有想法把王國善拿下了，如果你需要幫忙，我倒是願意送個順水人情給你。」

「我只希望王國善能配合我，倒是寧願花點錢，擺平了這事情。」林東歎道。

顧小雨笑道：「我相信你的手段，十個王國善也玩不過你，別太擔心了。」

二人吃完飯，又在招待所裏聊了一會兒。

「今天我去了市區買了點東西，順便給你帶了點禮物。」林東從口袋裏掏出來一張購物卡，放在顧小雨面前。

顧小雨一看，是一張面額兩萬塊的購物卡，抵得上她大半年的工資，「林東，你太見外了，太多了，我不能收。」

林東笑道：「班長，你別見外，以後我要在家鄉投資，還免不了麻煩你，你千萬要收下，否則我內心不安。」

顧小雨怕抹了林東的面子，就收了下來，「我今天帶來些專案，老同學，你看看有沒有感興趣的。」顧小雨從包裏拿出十幾份文件，放到林東面前。

林東笑道：「班長，這些文件我拿回去仔細看。其實回家的這些天，我也在考慮有沒有好的投資項目，有個不成熟的想法，我說給你聽聽，你幫我參謀參謀。」

顧小雨一聽這話，知道林東有主動投資的意願，情緒一下子就被調動了起來。

「林東，你說來聽聽。」

林東道：「生活在都市裏的人生存壓力大，往往在週末的時候會選擇自駕的短途旅遊，找一個山明水秀的地方放鬆放鬆。咱們懷城縣其實條件非常不錯，就拿大廟子鎮來說，有山有水，而且風景宜人。這次回來，家鄉給我最大的感受就是還保持著淳樸的鄉村風氣，這點非常吸引人。如果能在大廟子鎮搞一個度假村，我覺得應該會有搞頭。」

顧小雨沉默了許久，「林東，你有沒有想過咱們懷城縣的劣勢？我們懷城縣並沒有吸引遊客前來的風景名勝，度假區建好之後，如何吸引遊客前來？再者，懷城的交通不發達，就拿縣城通往大廟子鎮的那條路來說，雖然是雙行道，現在夠用，度假區建起來之後，如果遊客多的話，很容易造成交通癱瘓。如何解決宣傳和交通問題，是重中之重。」

林東道：「咱們山陰市處於江省中段，附近有幾個發達城市，只要前期肯下血本進行宣傳，我想名氣很快就會打起來的。交通方面，這不是我能解決的問題，得看你們政府了。」

顧小雨道：「要想富，先修路，近幾年來整個山陰市都在交通方面投入了大量資金，我想只要上面肯點頭出錢，在度假村建好之前，去大廟子鎮的道路應該就能修好了。」

林東道：「如此說來，其實我們認為最大的問題還是錢的問題。小雨，你幫我做一份詳細的策劃方案，我拿去蘇城找一些金主投資，度假村的修建和宣傳方面的資金由我來解決。」

顧小雨笑道：「太好了，如此一來就解決了一個大問題。策劃書我會儘快做好。」

林東道：「策劃書裏必須突出咱們的優勢，否則我可沒把握說服那些金主。」

顧小雨笑道：「這個你放心，上班兩年來，我不知道做過多少分策劃書了。等嚴書記過完年回來，我想安排你們見一下，只要她覺得這個項目不錯，修路的問題基本上就算是解決了。」

林東道：「好，那就這樣了，不耽誤你上班了。」

顧小雨道：「走吧，還得麻煩你把我送回縣委大院。」說完，從櫃子裏拿出兩瓶特供的懷城大麴，塞到林東懷裏，「帶回去給伯父嘗嘗。」

林東笑道：「嘿，這個是公家的財產，你拿給我沒事吧？」

顧小雨笑道：「這算個什麼事。」

二人笑著走出了招待所，李德高把他們送到門外，看著林東的車子消失在視線裏才轉身回去。

林東開車把顧小雨送回了縣委大院，和顧小雨在縣委大院門前道了別，開車往市區去了。到了市區賣家電的商場，買了一台電腦和洗衣機，立馬就趕回了蘇城。林母的手一到冬天就會皸裂，嚴重的時候還會往外滲血，所以林東就買個了洗衣機，這樣林母就不必大冷天的在水裏洗衣服了。

他開車路過懷城賓館的時候，恰好看見邱維佳從裏面出來。林東於是就將車停在離懷城賓館不遠的地方，給邱維佳打了個電話。

話說早上林父拎著工具包到了柳大海家，柳大海夫婦顯得十分的熱情，孫桂芳忙著端茶送水，柳大海更是拿出平時捨不得抽的好煙，一根接一根的遞給林父。

柳枝兒見林父到了家裏，主動出去打了聲招呼，「林大伯，您來啦。」

林父見到柳枝兒，看著這個本該做他兒媳婦的姑娘，鼻子一酸，勉強笑道：「枝兒，你在家呢。」

柳大海道：「枝兒，把根子給我叫來。」

柳枝兒轉身進了屋，把在屋裏看電視的柳根子給叫了出來。

「爸，啥事？」柳根子走到柳大海身前，問道。

柳大海從身上掏出一張紅票子，「騎車去鎮上買兩瓶好酒，趕緊的。」

柳根子把錢揣到兜裏，笑道：「好。」說完，就推車出了家門。

「大海，這豬啥時候殺啊？」林父到了柳大海家已經喝了三杯茶，抽了五根煙了，還不見柳大海提正事，有些急了。

柳大海笑道：「老林哥，你別急，枝兒她媽去找人了，等人到齊了就立馬殺豬。就憑咱兩個也拿不住這肥豬啊，你說是不是？」

林父點點頭，「不要多，再找三四個人就夠了。」

說話間，孫桂芳就回來了，身後跟著幾個柳大海族內的兄弟。柳大海是村支書，他們都願意幫他家的忙，有事情只要去叫一下，沒有不來的。

林父見人到了，就開始指揮眾人，「大海家裏的，趕緊燒一鍋熱水，其餘的大老爺們，跟我去豬圈裏把豬拉出來。」

孫桂芳應了一聲，立馬進廚房燒水去了。柳枝兒也過來幫忙，準備案子和盆子。

柳大海領著族裏的幾個兄弟，進了豬圈，把肥豬拖進院子裏。柳大海和柳大河把豬死死按在地上，柳大水則麻利的用麻繩把豬四蹄捆好。

村子裏人聽到豬的喊叫聲，不少愛看熱鬧的都過來了，很快柳大海家的院子裏就圍了幾圈的人。

林父把要用的工具全部拿了出來，擦了擦那把手臂長的殺豬刀，手起刀落，插進了肥豬的脖子裏，鮮血噴了出來。

「拿盆，接豬血。」林父叫了一聲。

一個多小時之後，林父已經開始收拾工具了。

孫桂芳打來半盆熱水，並送上香皂，「老林哥，你洗手。」

林父洗了手，柳大海又過來遞給他一根煙。

這時，柳根子已經騎車從鎮上到了家，看到豬已經殺完了，知道錯過了一場好戲，連連搖頭。

「根子，買瓶酒怎麼去了半天？」柳大海問道。

柳根子笑道：「爸，在鎮上遇到個同學，聊了一會兒。」

柳大海甩甩手，「該幹啥幹啥去。」

林父拎起工具包，「大海，此間事情已了，我該回家了。」

柳大海一把拽住了林父的工具包，「老林哥，你不能走。」

「怎麼，還有事？」林父不解的問道。

柳大海搖搖頭，「今兒中午大河和大水都不走，你也不能走，都在我家吃一頓。枝兒她媽已經在燒菜了，馬上就好。」

林父道：「大海，你不是不知道我的規矩，替人殺豬從來不在人家吃飯的。」

柳大海道：「老林哥，我家和別人家不一樣，你要是走了，就是不給我柳大海的面子。」

林父心裏一想，冤家宜解不宜結，如果真的走了，可就錯過了一次和柳大海家和好的機會。他今天來這裏，不正是抱著緩解兩家關係的目的來的嘛。這麼一想，就放下了工具包，「大海，既然你都把話說到這份上了，那我就不客氣了。」

柳大海見林父答應留下來吃飯，心裏很高興，招呼族內的幾個兄弟，「來來來，大家陪老林哥玩玩牌。」

林父被柳大海連拖帶拽的拉到牌桌上，只能坐下來打牌，「哥幾個，我先聲明一下，我不賭錢的。」

若是以前，這幾人肯定要有人嗤之以鼻，嘲笑林父沒錢不敢賭，但如今柳林莊誰不知道林老大的兒子林東發大財了，再也沒人敢在「錢」上面挑林父的不是。

「不玩錢，我們就是飯前消遣消遣。」柳大海道。

柳根子進了廚房，對柳枝兒道：「姐，我回來的時候看見瘸子了，我估摸著他也應該快進村了，你趕緊躲一躲。」

孫桂芳正在切肉，聽到兒子說王東來來了，趕緊擦擦手，站在廚房門口叫道：「大海，你讓給大水玩吧，過來一下，我找你有事。」

柳大海走進廚房，問道：「啥事找我？」

孫桂芳道：「根子在路上看到王東來正朝咱家來呢。」

柳枝兒很緊張的看著父親，兩隻手攥緊圍在腰上的圍裙。

柳大海道：「怕啥，讓他來，看我怎麼轟他走。」轉而對柳枝兒道：「枝兒，你回去躺在床上，別起來。」

柳枝兒點點頭，「爸，我聽你的。」說完，就回了房間。

「待會王東來到了，你們就說枝兒生病了，剩下的我來說。」柳大海吩咐道，說完扭身出了廚房，繼續玩牌去了。

過了不久，就見王東來拄著拐杖一瘸一拐的走到了柳大海家的門前，手裏還提著東西。

「爸，打牌呢。」王東來笑道。

柳大海放下撲克，走了過去，「王東來，你來幹啥？」

王東來笑道：「爸，瞧您說的，我當然是來接枝兒回家的了。她老在娘家也不是個事兒啊。」

柳大海冷冷道：「王東來，你回吧，我柳大海還養得起女兒。」

王東來臉上笑嘻嘻的表情消失了，他怎麼也沒想到老丈人會那麼對待他，竟然轟他走。

「爸，您瞧您這話說的，我又不是說您養不起枝兒，我是覺得枝兒老在娘家，人家瞧見了會說閒話的。」王東來道。

孫桂芳從廚房裏走了出來，「王東來，你還敢來？枝兒病了，不能下床了。你回去吧！」

「啊？枝兒怎麼病了哩？」王東來訝然。

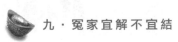

柳大海冷哼一聲，「你還敢問我？不是你把枝兒折磨成這樣的嗎？王東來，你趕快給我滾，否則別怪我老頭子欺負你這殘疾人。」

柳大海把話說得要多難聽有多難聽，王東來的臉色一變再變，陰沉著臉，顯然也動怒了。

「爸，您讓我進去看看枝兒，問問她願不願意跟我回家。」王東來不死心。

柳大海指著柳枝兒房間的窗戶道：「你站在窗前問問，枝兒要是願意見你，你就進去見她，否則趕緊給我滾蛋，我不留你吃午飯。」

王東來一瘸一拐的走到柳枝兒的窗前，頭貼在窗戶上朝裏面望去，柳枝兒果然躺在床上，捂住厚厚的被子，只看得到她的頭髮，看不到臉。

「枝兒，我能進去看看你嗎？你生病了，我很著急啊，我帶你去看醫生。」這是在柳大海家，王東來只能壓住火氣，假意惺惺的道。

「王東來，你回去吧，我不想見你。」柳枝兒的聲音從房間裏傳了出來，聽起來虛弱而無力。

「枝兒，你讓我看看你，我很擔心你啊。」王東來又說道。

柳枝兒道：「我不想見你，你如果真的希望我的病快點好，那就趕緊回去。」

王東來無話可說了。

柳大海道：「王東來，不是我攔著不讓你見枝兒。別的話我也不多說了，趕緊走吧。」

「爸，那我回去了，這東西您收下。」王東來把拎來的方便袋遞給柳大海。

柳大海揮揮手，「帶著你的東西一起回去，我不稀罕。」

王東來實在想不通，老丈人一家的態度為什麼會忽然之間來了個一百八十度的大轉彎，以前他把柳枝兒打得跑回了娘家，只要他一上門來接，老丈人倆口子肯定是站在他那邊說話，幫著勸柳枝兒跟他回去，這次不僅給他臉色看，而且大聲的趕他走。

王東來感到自尊心受到了極大的侮辱，但是柳大海畢竟是他的老丈人，他也不敢怎麼造次。畢竟以他的身板，惹怒了柳大海，說不定還得挨一頓揍。

「那爸媽你們在家，我走了。」王東來勉強擠出一絲笑容，轉身朝門外走去。他的一條腿殘了，根本無法騎自行車，本想著在老丈人家吃過中飯，讓柳枝兒騎車載著他回家，看來這只能是一場夢了。

柳根子抱著林東買給他的玩具槍從房裏衝出來，朝王東來開了機槍，塑膠子彈擊中了他的頭，疼得他齜牙直叫喚，趕緊抱著頭往門外走。

王東來走後，柳大海給打牌的幾人每人散了一支煙，笑道：「唉，讓大家看笑話了，沒事了，咱們繼續玩。」

林父越來越覺得糊塗了，柳大海今天的表現太過反常了。

王東來走後，柳枝兒就從床上起來了，紮起圍裙，到廚房給孫桂芳幫忙。孫桂芳讓柳根子去把柳大河的媳婦張翠花叫來，柳根子去了，很快就和他二嬸張翠花一起回來了。妯娌兩個，加上柳枝兒，一共三人，很快就把午飯料理妥當了。

柳枝兒和弟弟柳根子把家裏八仙桌上的東西拾掇了一下，抬到堂屋中間，將做好的菜全部端了上去。

柳大海見菜已經上桌了，笑道：「不玩了，大家都上桌吃飯吧。」

安排坐席的時候，柳大海堅持要把林父安排在正席上，林父死活不肯，柳大海連拉帶拽，硬是把林父摁在了正席上。柳大海族內的幾個兄弟也從旁幫腔，讓林父安心坐下。

林東下午回到家裏，看到豬圈裏的肥豬正躺在圈裏睡覺，進門就問，「媽，爸不是說下午殺豬的嗎？怎麼還沒動靜？這都快四點了。」

林母指了指臥房，「你爸喝醉了，正在睡覺呢。」

林東大感奇怪，「跟誰喝酒去了？」

林母道：「柳大海。」

林東就更加感到不可思議了，「我爸跟大海叔喝酒？」

「上午你爸被柳大海請去殺豬，豬殺完了，柳大海硬是把你爸留在他家吃飯，還請了他族裏的幾個兄弟，幾人把你爸灌醉了。你爸回來的時候，還是根子一路把他扶回來的。」林母道。

林東嘿嘿一笑，進臥房看了看林父，瞧見他躺在床上正打呼嚕。

「媽，快來看看我買了什麼回來。」

林母跟著兒子到了車旁，林東把洗衣機從車的後座上抱了出來，放進了家裏，「媽，這是洗衣機，以後冬天你就不用自己動手洗衣服了，只要把衣服塞進洗衣機裏，洗衣機就會幫你把衣服洗好的。」

林母知道兒子心疼她，心裏很高興，笑道：「東子，這玩意怎麼用，我不會啊。」

林東把洗衣機搬到院子裏，把家裏沒洗的髒衣服放了進去，然後加水加洗衣服，插上電源，一按啟動按鈕，洗衣機就開始運作起來。半個小時之後，衣服就洗好了，並且已經甩乾，拿出來抖一抖，晾到院子裏的繩子上，風一吹，很快就乾了。

「哦，這是個好東西，以後我可省事多了。」林母學會了怎麼使用洗衣機，摸著林東買回來的洗衣機，愛不釋手。

「媽，現在科技很發達了，別說洗衣服的機器有，就是洗碗的機器都有，你要是需要，我也給你整一個回來。」林東扶著母親的肩膀，笑道。

林母道：「什麼活都讓機器幹，那人還要手幹什麼？你媽還沒懶到那個程度，暫時有個洗衣機就夠了。」

林東又把電腦從車裏拿了出來，打了個電話給林翔，讓他到家裏來幫忙裝一下。林翔接到電話，從家裏騎著摩托車到了林東家裏。

「東哥，你給家裏買電腦啦？」林翔一進門就問道。

林東笑道：「是啊，那麼多線和接頭，我不知道怎麼插，你幫我弄好。」

林翔笑道：「這個簡單，分分鐘搞定。」林翔把包裝盒拆了開來，很快就把各種線插好了，問道：「東哥，電腦放哪裏？」

林東道：「就放在我房裏的寫字台上吧。」

林翔把電腦搬到林東房裏的寫字台上，並且幫林東連上了網，拍拍手，「都好了，還有啥事沒？」

林東道：「沒事了，晚上在我家吃吧。」

林翔道：「不用不用，東哥，你別跟我客氣。」

林東也不強求，把林翔送到門外，看著林翔騎著摩托車走了。這時，林父也酒醒了，從房裏出來，問道：「剛才誰來了？」

「哦，是二飛子。」林東答道。

林父點點頭，去廚房倒了杯開水，醉酒後口乾舌燥，很想喝水。林東想起車裏面還有顧小雨給的兩瓶懷城大麯的特供酒，到外面把酒拿進了廚房，笑道：「爸，你看看這是什麼。」

林父打眼一看，「懷城大麯嘛，你爸還能連這也不認識？」

林東遞了一盒給林父，「爸，你打開看看。」

林父拆開包裝盒，把酒瓶拿在手中，站在燈下仔仔細細的看了好幾眼，「東子，這種懷城大麯我還真是沒見過，你這是從哪兒弄來的，不會是假酒吧？」

林東點了點酒瓶上「特供」兩個字，「爸，瞧見沒，這是特供酒，每年只產兩三百瓶。」

林父旋開酒瓶蓋，湊鼻子到瓶口聞了聞，一臉的陶醉，「好酒，沒想到懷城大麯也能有那麼醇的味道。對了，你小子是從哪兒弄到這特供酒的？」

「哦，我一高中同學在縣委做秘書，今天中午和她一起吃了頓飯，她送給我的，要我帶回來給你嘗嘗。」林東說道。

林父點點頭，「這酒來之不易，不是有錢就能買得到的。這樣吧，咱們喝一瓶留一瓶，留下的那瓶就放那存著，以後家裏來客人了，也讓他們見識見識什麼是特供酒。」

林東笑道：「你要是愛喝就都喝掉，這東西雖然數量不多，但也不是那麼難搞到。」

林母煮好了山芋稀飯，叫道：「別在那杵著了，趕緊過來吃飯吧。」

林東過去把飯碗端到了飯桌上，林母又從另一個鍋裏把熱的菜盛了出來，一家三口坐在飯桌旁邊吃邊聊。

林母道：「老頭子，還記得下午你怎麼回來的嗎？」

林父拍拍腦袋，只記得上午在柳大海家殺豬的事情，剩下的就記不得了，「我怎麼回來的？」

林母道：「是根子送你回來的，你說你多大歲數的人了，沒喝過酒啊，幹嘛喝那麼多！」

林父歎道：「唉，我壓根就不想在大海家吃那頓飯，但實在拗不過他的面子，吃飯的時候，他又四處找理由敬我酒，嗨，大海那張嘴，我真是說不過他，就只能往肚子裏喝了。」

林東知道老實的父親不是老謀深算的柳大海的對手，這也是柳大海幹了二十年村支書都沒人動得了他的原因。柳林莊這個地方，除了他柳大海，還真沒人能鎮得住這幫村民。

「聽說他家枝兒又回娘家了？」林母問道。

林父哀歎著點點頭，「大海那個瘸腿的女婿今天上門來接枝兒了，你猜怎麼著，大海倆口子像罵孫子那樣，把他給罵走了。嘿，那倆口子還真是轉了性了。」

林東低頭吃飯，聽到父親的話，推斷出柳大海已經在配合他了，就憑這一點，柳大海就當之無愧是柳林莊的一號強人。

「媽，我聽說枝兒現在過得挺苦的，是嗎？」林東問道，意在試探一下父母的態度。

林母點點頭，「多好的一個姑娘，嫁給了一個瘸腿子，每天還挨打受駡，日子過的能不苦嘛。」

「唉，這事我也有很大責任，如果我早點掙到錢，枝兒也不會嫁給那瘸子。」林東歎道。

父母都未反駁他的話。

林父道：「東子，小高姑娘對你不錯，你可不能辜負了人家。至於枝兒嘛，咱家是有對不起那姑娘的地方，但你們畢竟錯過了，同情歸同情，她已經是別人的媳婦了，你還能怎樣。」

林東道：「枝兒應該跟那個瘸子離婚，這樣她才有可能幸福。」

父母驚恐的看著兒子，林母問道：「東子，你跟媽說實話，你對枝兒是不是……還有感情？」

林東深吸了一口氣，點點頭，準備跟父母攤牌，「爸媽，枝兒的不幸，我有很大的責任。這次回家之後，我見過她了，也見到了那瘸子是怎麼待她的，說實話，我當時心如刀絞，所以我打算幫助枝兒和那個瘸子離婚。」

林父放下飯碗，一拍桌子，怒道：「你這是要鬧哪樣？吃自家的飯，你管別人家的事幹嘛！」

林東道：「爸，你放心，我不會對不起高倩，我已經跟枝兒說清楚了，她離婚之後，帶著她去蘇城，給她找一份工作。」

林母急道：「兒子，你不怕小高姑娘知道後，跟你翻臉？」

林東道：「我怕，但是如果不能幫助枝兒脫離水深火熱的生活，我這輩子都難心安。爸媽，我之所以告訴你們，就是希望你們能夠站在我的角度上想一想，枝兒當初對我有多好，我這輩子都忘不了，她從來沒有絲毫的對不起我，但是我卻欠她很多，這輩子都難以還清這人情債。」

第十章

古廟翻身

聽母親那麼一說，他腦中忽然靈光一閃，
這存在了千年的古廟，不就是一個很好的噱頭嗎？
絕對可以稱得上是大廟子鎮，乃至懷城縣的第一名勝。
只要找些歷史學家給大廟編撰點來歷，弄點歷史出來，
稍加宣傳，千年古廟的名聲很容易就能宣傳出去。

林母看著丈夫，林父鐵青著臉，飯也不吃了，點了一根煙，坐在那兒吧嗒吧嗒抽著煙。

過了半晌，林父才開口道：「兒啊，你是大人了，你有主見了，你想怎麼辦就怎麼辦吧。」

林母也道：「東子，媽別的不怕，就怕小高姑娘她知道後不高興，尤其是你如果把枝兒帶到了蘇城，她倆萬一碰上面了，那該怎麼辦？」

林東道：「這事兒以後再說吧。對了媽，我倒是想起了一件事。」

林東進了房裏，從行李箱的基層裏取出了兩個雕刻精美的木櫝子，一個裏面裝的是翡翠手鐲，一個裏面裝的是翡翠煙槍。

林東把兩個木櫝子分別送到父母手上，「爸媽，你們打開看看。」

林家二老打開木盒子，看到裏面放的東西，都深吸了一口氣。林父對這煙槍愛不釋手，林母已經把翡翠鐲子套到了手腕上。

「東子，這玩意值錢了吧？」林父舉起煙槍，對著燈光看了看。

林東道：「爸，你給估個價。」

林父道：「我看至少值兩千塊。」

林東道：「爸，你猜得沒錯，兩千塊多一點。雖然不貴，但這可是我送你們二老的禮物，有紀念意義，可不要送給別人哦。」

林東不敢告訴父母這兩件玉器的真正價值，怕他們知道東西的實際價格之後，連碰都不敢碰。

林父道：「哎呀，東子，自從你奶奶傳給我的那個鐲子磕壞了之後，我就一直尋思再買一個，但這些年家裏實在拿不出錢，今年情況好起來之後，我本打算買的，沒想到你已經買好了。」

林東道：「我沒回家之前就買好的，放在行李箱的夾層裏，剛才才想起來。」

行李箱裏還有一個和林母手腕上一模一樣的翡翠鐲子，那是林東買來送給柳枝兒的，他打算等到柳枝兒離婚的那一天，把那個鐲子送給她。

「東子，明天就是臘月二十九了，明天別忘了去大廟燒柱香，求菩薩保佑你萬事順風順水。」林母提醒道。

在大廟子鎮街心的後面，有一座近千年的古廟，至今廟裏還有幾個老和尚，香火鼎盛，遠近百里的善男信女有個什麼事都會來大廟上香祈福。也正因為有這座廟的存在，才有大廟子鎮這個名字的由來。

大廟子鎮有個習俗，就是在每年的臘月二十九，每一個沒結過婚的青年男女都要去鎮裏燒一炷香，一來求菩薩賜予姻緣，二來求菩薩賜財。

大廟在全鎮人民的心中都是一個很神聖的地方，裏面的老和尚更是鎮民眼中神仙一般的存在，誰見了都得恭敬有加。林東也去廟裏燒過幾次香，倒是不覺得有多靈驗，只是覺得那廟實在太破了。

聽母親那麼一說，他腦中忽然靈光一閃，這存在了千年的古廟，不就是一個很好的噱頭嗎？絕對可以稱得上是大廟子鎮，乃至懷城縣的第一名勝。只要找些歷史學家給大廟編撰點來歷，弄點歷史出來，稍加宣傳，千年古廟的名聲很容易就能宣傳出去。

「媽，你放心吧，我明兒一早就去廟裏燒香。」

林東臉上帶著笑容，越來越覺得在大廟子鎮搞旅遊，絕對是個好項目。

林母笑道：「往常催你去廟裏給菩薩上香都要催你很多次，今年倒是奇怪，一口就答應了。」

林東笑道：「媽，說不定菩薩能給我帶來財路呢，我必須得好好燒燒香。」

「只要你心誠，菩薩會保佑你的。」林母刷著鍋，回頭笑道。

林東回了房裏，坐在電腦前面，流覽了一下網頁。自從回家之後，老家的手機信號不是很好，手機上網十分困難，有時候連電話都聽不清。這幾天，林東幾乎是與資訊世界隔絕了。

登上了ＱＱ，看到劉大頭和楊敏結婚旅行的照片。劉大頭結婚之後，那時金鼎公司正忙，所以沒有立即休婚假，而是把年假和婚假放在一起修了。他和楊敏早已計畫好了要去哪些地方，空間裏儘是他們在各個景點秀恩愛的照片。

高倩和郁小夏已經去了北海道，林東看到高倩傳了幾張裹著羽絨服站在雪地裏的照片，模樣俏皮可愛，真想就在她身邊，摟過來就親一口。

林東看到李庭松在線上，就去主動找他聊天。

「老三，在忙啥呢？」

李庭松隔了好久才回林東，這期間，林東已經看完了好幾家上市公司的研報了。

「老大，我剛才和小公主在聊天呢。」

「小公主？什麼情況？」林東問道。

「小公主就是金河姝啊。」李庭松回道。

「你們繼續吧，我睡覺了。」林東心想金河姝刁蠻任性，李庭松是出了名的好脾氣，如果他倆能在一起，倒是個不錯的搭配。

他打開了郵箱，登陸進去之後，看到了溫欣瑤發給他的郵件。林東汛速的打開一看，這封郵件竟然長達一萬多字。溫欣瑤在信中詳細講述了在去了美國之後的這幾個月裏她的心情。

林東仔仔細細反反覆覆的將郵件讀了兩三遍，試圖揣摩出在美國的這幾個月裏，溫欣瑤的身上到底發生了什麼事情，但任他想破腦袋，也無法知道溫欣瑤到底經歷了什麼。林東雙手擱在鍵盤上，想給溫欣瑤發一封回信，卻不知道該寫些什麼。

他的心中隱隱有一個想法，想去美國那邊看看溫欣瑤，但轉念一想，國內這邊的生意剛剛起步，每天都有很多事情需要他處理，他如何才能脫身呢？

煩心的事情一件接一件，林東點了根煙，對著電腦螢幕發了一會兒的呆，就洗漱睡覺了。

第二天一早醒來，林父已經在院子裏磨刀了，聲音響徹院子裏。

「爸，今天殺豬嗎？」林東問道。

林父嘴裏叼著煙，點點頭，看上去有些不高興。

林東進了廚房，瞧見母親正在燒飯，問道：「媽，我爸這是怎麼了？」

林母低聲道：「你忘了你昨晚說什麼了？你爸這是為你擔心呢，你幫助枝兒是好事，但這事不敢教小高姑娘知道，否則搞砸了你們的婚事，那可如何是好！」

林東點點頭，「媽，我自有分寸，你們放心吧。」

林母做好了早飯，把父子倆喊過來吃飯。林父端著飯碗就出去了，往院子外面一站，很快就吸引了不少村民過來和他聊天。往日裏門前冷落，現在左右鄰裏都喜歡到他的門上串門，這讓過了大半輩子窩囊日子的林老大心裏非常舒坦，很有種吐氣揚眉的感覺。

林東在家裏吃完了早飯，林母給了他一個紅包，「東子，你去大廟上香的時候，別忘了把紅包塞給菩薩。咱家現在不缺錢，你多放點錢，到時候菩薩看你心誠，會特別關照你的。」

林東笑道：「行，媽，我放一千塊進去。」

林母又覺心疼，「太多了，本地人一般都是給個十塊二十塊的，你給一兩百吧。」

林東點點頭，把紅包放進了口袋裏，「今天要去朝拜菩薩，我就不開車了，騎俺爸的破車去。」

林母點頭笑道：「東子，還是你考慮的周全，菩薩見你那麼心誠，又捨得施捨，一定會對咱家多多保佑的。」

林東告別母親，推著林父的破車出了院子。門外左鄰右舍的鄉親們看到了，紛紛問道：「東子，怎麼不開車啦？」

林東笑道：「今天去拜菩薩，騎車去比較好。」說完，跨上自行車，一溜煙騎走了。

到家的那一天，林翔和他說過通往鎮上那條近路上的老橋塌了，林東心想現在是冬天，河裏應該沒有水，於是就騎著車往老橋的那條路上去了。

老橋離柳林莊不遠，因為老橋塌了有半年多了，所以這半年以來，村民們去鎮裏都是走另外一條路，通往老橋的那條路長時間沒有走，已經長滿了野草。林東沒騎幾分鐘就看到了老橋，到了近前，才看清楚。

村子前面的這條河叫雙妖河，相傳在河底裡曾住著兩隻魚精，都有上千萬年的道行，能幻化成人形。在林東小的時候常聽著爺爺輩的人講雙妖河的故事，長大後自然就不信了，但是雙妖河曲折離奇的故事，倒是還深深的記在腦海裏，永難忘記。

林東到了橋前，停下了車，朝對岸望去。

雙妖河河寬大約有一百二十米，老橋中斷的水泥板斷裂了，已經有幾塊掉了下去。他仔細瞧了瞧，支撐老橋的橋樑也都出現了大小不一的裂痕，看來等到來年夏天雙妖河水位暴漲的時候，這座老橋應該就會被湍急的流水衝垮了。

到了夏天，雙妖河的水位就會急速暴漲，柳林莊的水電站就在老橋所在位置下游的不遠處，那時，只要電機一響，雙妖河的河水就會流進全村各家各戶的水田裏。而入秋之後，雙妖河的水位就會急速的下降，冬至的時候，基本上河底就沒多少水了。

林東記得，以前每逢河裏快沒水的時候，村裏就會有人來河裏摸魚。雙妖河的河水都是從上游的長江裏來的，魚隨水流，每年都有村民在雙妖河裏摸到大魚。他記得小的時候，父親就在河裏摸到了一條五六斤重的大鯉魚。

把自行車支好，林東拿出手機，繞著老橋拍了幾張照片。凝立在殘破的老橋之前，喚醒了沉睡在記憶之海中許久了的兒時記憶。

不僅他一人對老橋懷有很深的感情，林東可以斷言，生活在柳林莊的每一個人，都對老橋懷有極深的感情。這座橋不是屬於他一個人的，它見證了柳林莊的歲月流年與發展變幻。

當他還未上學的時候，記得父親說過老橋的故事。爺爺那一輩人推著獨輪車從老橋上走過，父親這輩人騎著自行車從老橋上走過，而他這一輩人則騎著摩托車從老橋上走過。

但是老橋垮了，沒能見證他開著轎車從上面走過。

林東翻看手機裏剛剛拍攝的老橋照片，想到來年雙妖河再次蓄滿水、沿河兩岸的野草再綠的時候，老橋很可能將沉沒河底，他的眼睛就濕潤了。站在橋下好一會兒，他才上岸把自行車扛在肩膀上，從河底走過，到達對岸。

林東跨上車，回頭再看一眼老橋，腳上用力，蹬著自行車往鎮上去了。從這條路要近很多，他一邊騎車一邊看著路兩旁的農田，優哉遊哉，不到二十分鐘就到了鎮上。

今天是去大廟上香的日子，鎮上擠滿了前來上香的男男女女。林東騎車到了邱維佳家裏，邱維佳正好在門口曬太陽。

「喲，林東，你的大奔呢？」邱維佳見他騎著破自行車來了，笑問道。

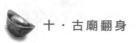

林東答道：「在家裏歇著。」

邱維佳道：「你也是來去大廟上香的吧？」

林東點點頭，「自然了，這是咱大廟子鎮的傳統，我得把它繼承和發揚光大。」

邱維佳一皺眉，不解道：「林東，你早上豬油吃多了吧，盡說胡話，你也信這個？」

林東把車支好，「我這車放你家這兒，幫我照看一下。維佳，你要是沒事情，就跟我去大廟逛逛。」

邱維佳點點頭，歎道：「你來的正好，走，咱邊走邊聊。」

林東朝房裏看了一眼，往常他只要一來，邱維佳的老婆肯定會出門來跟他打招呼，今天二人都在外面聊好一會兒天了，也不見邱維佳的老婆出來，再看邱維佳的神情，微笑中帶著看不清的煩惱。

「和老婆吵架了？」林東笑問道。

邱維佳點點頭，「厲害啊，我以為我偽裝的夠好的了，這樣還是被你看出來了。」

林東笑道：「主要是沒見你老婆出來跟我打招呼，所以猜到的。」

邱維佳心裏憋著事情，十分煩悶，很想找人傾訴，見到林東就算是找對人了，說道：「東子，我老婆回娘家去了。唉，這明天就過年了，今兒下午我還得大老遠的跑去看老丈人一家人的冷臉。」

林東問道：「你還沒告訴我，你和你老婆為啥吵架呢？」

「嗨，為了凌珊珊。」邱維佳也不打算瞞他。

林東道：「她知道你和凌珊珊的事情了？」

邱維佳看了他一眼，「敢情你那天在洗手間聽到我和凌珊珊說話了？」

林東嘿笑點頭。

邱維佳歎道：

「既然你都聽到了，也就知道了我和凌珊珊那天下午幹啥去了，也就不用我多說了。昨兒下午我才回家，今兒早上我老婆給我洗衣服的時候，在我換下來的衣服上發現了女人的頭髮。凌珊珊的頭髮是染過的，而我老婆的頭髮是黑的，她捏著凌珊珊的黃髮就來找我興師問罪。沒辦法，兄弟我只能隨口瞎編啊，可越描越黑，謊話說多了難免露出破綻。她一氣之下就收拾東西回娘家去了，我爸媽把我臭罵一頓，氣得都出去了。東子，哥們這下玩大了。」

林東道：「正好去大廟燒柱香，乞求菩薩原諒你的過錯，讓她保佑你儘早把老婆哄回來。」

邱維佳道：「她是認定我有外遇了，嚷嚷著要跟我離婚呢。」

林東笑道：「維佳，她那是嘴上說說，你別急，下午我陪你去一趟你老丈人家，跟你老婆說幾句。」

邱維佳驚問道：「你想說什麼？可別給我搗亂了！」

林東笑道：「我就說我們同學聚會，吃過飯就去跳舞了，所以有女人頭髮黏在你身上不足為奇，我可以證明你沒有胡來。」

邱維佳大喜，「這法子聽上去可行，下午你一定陪我去，老婆不回來，我這年都過不安穩。」

林東道：「我聽說凌珊珊嫁了個有錢人，我不知道你們之間發生了什麼事情，但是她當初選擇了金錢，而拋棄了你們之間的感情，所以這個女人不值得你去珍惜。維佳，你該珍惜你現在的家庭。你想想你老婆，多好的一個女人，操持家務，裏裏外外都是一把好手，論模樣，其實也不比凌珊珊差，只是沒有凌珊珊那樣會打扮。凌珊珊可能對你真的還有感情，但是這又能怎樣，你能讓她跟現在的男人離婚嗎？」

邱維佳滿眼淚水，「道理我都明白，可就是……」

林東拍拍他，「我言盡於此，剩下的你自己衡量去吧。」

二人說話期間已走到了大廟的門前，眼看大廟門前人群熙熙攘攘，進出路線都從那兩米寬的小門。人群中有來上香祈福的，有來做生意的。廟門前的路兩邊都是叫喊叫賣的小商小販，有的賣些瓜子果脯，有的賣些煙花爆竹，有的賣些春聯貼紙……

當然，最熱鬧的要屬賣香燭的攤子了，每個攤前都擠滿了人，排著隊等待購買香燭。

邱維佳道：「東子，你在這等會兒，我去弄點香燭過來。」

林東站在原地等了一會兒，邱維佳很快就手裏拿著香燭回來了。

「走吧，進去燒香吧。」邱維佳道。

林東問道：「維佳，你怎麼那麼快就回來了，不用排隊嗎？」

邱維佳回頭笑道：「這些賣香燭的我都認識，當然不用排隊了。」

院牆年久失修，已經發生了傾斜，廟裏的老和尚找人用樹棍抵住了發生傾斜的院牆，因為上面不撥款，廟裏也只能暫時這樣。二人從小門進去之後，就感到了一陣陰森的涼氣，放眼望去，廟裏古樹參天，三人合抱那麼粗的古樹隨處可見，枝枒延伸極廣，遮天蔽日，遮住了陽光。若是到了春夏兩季，大廟就是各種鳥兒的天堂，整日嘰嘰喳喳，鳥鳴聲不絕於耳。

據說經常有從天而降的鳥屎落在樹下打坐的老和尚頭上，所以無論夏天多熱，大廟的幾個老和尚都是戴著帽子，以防不幸。

「維佳，咱們鎮的大廟給你的第一感覺是什麼？」林東望著眼前一株株高大粗壯的古木，笑問道。

邱維佳道：「第一感覺……破！對，就是破。從我懂事開始，這裏一直都那麼破。」

林東點點頭，「那你知道為什麼破嗎？」

邱維佳不假思索的答道：「你這不廢話嘛，人歲數大了會老，房子年代久了當然就會破了。」

林東笑道：「是啊，有些東西是越老越舊越值錢啊。」

邱維佳笑道：「你說話怎麼透著一股子怪味？」

林東拍拍他，「走吧，先去燒香。」二人跟隨人群往前面走去。

古廟占地極廣，但因為年久失修，許多廟宇都已殘破倒塌了，僅剩下幾座重要的廟宇，其中供奉菩薩的大殿就是保存最完好的廟宇，同時也是大廟最大的一座廟宇。

大殿在參天古樹的掩映之下，離著老遠，就能聞到從中散發出來的香燭味。等到走得近了一些，就能看到從廟宇裏飄出來的煙霧。

林東和邱維佳並肩而行，很快就走到了大殿前面，這時，兩人臉上的嬉笑都不見了，都一本正經起來。大廟在大廟子鎮每個人心中的地位都是神聖的，即便是在像林東和邱維佳這類，有知識、有文化、不相信封建迷信的年輕人心裏也同樣如此。

大殿的門前是塊非常空闊的廣場，廣場上面有個類似祭壇的建築物，報警風吹雨打，早已殘破不堪。穿過廣場，再走過幾級石階，走完一條青石板鋪就的道路，就來到了大殿門前。

二人排著隊，等了好久才輪到他們進去燒香。

大殿裏有兩個老和尚，一個坐在一邊的角落裏，閉著眼睛，邊敲木魚邊念經，還有一個穿著破舊的袈裟，站在香台旁邊，負責接待前來上香的香客們。

林東二人走到近前，雙掌合十，朝老和尚拜了一拜，點燃香燭，跪倒在蒲團上，恭恭敬敬的拜了幾拜，起身將香燭插進了香台上的香爐裏。

林東從口袋裏掏出裝了兩百塊錢的紅包，塞進了老和尚旁邊的木盒了裏。老和尚看到了紅包外面露出的一截紅鈔，老臉上冷漠的神情立馬換成了熱情慈祥的笑容。

林東和邱維佳轉身欲走，老和尚卻一把抓住了邱維佳的胳膊。

「老和尚，你要幹嘛？」邱維佳道，若是旁人這樣抓住他，他上去就是一拳，但這畢竟是大廟裏的老和尚，不能打不能罵。

老和尚口宣佛號：「阿彌陀佛，施主，你還沒給香火錢呢。」

邱維佳心道：「你這個老和尚還真是眼尖，錢給的少你就一臉不待見，給多了你才笑，不給你還不讓走。」不悅的問道：「大師，要給多少香火錢呢？」

老和尚微微一笑，「凡事講求緣分，佛主面前眾人平等，錢不在多少，只看心誠不誠。」

邱維佳嘿嘿一笑，「好，我明白了。」說著，從兜裏摸出個硬幣，塞進了老和尚旁邊的木盒子裏，留下目瞪口呆的老和尚，揚長而去。

邱維佳一路大笑的走出大殿，林東跟在後面，等到走得遠了，才把他拉住。

「維佳，你這回可把老和尚氣壞了。」林東道。

邱維佳道：「罪過罪過，是我忘了要給香油錢了，可那老和尚不跟我好好說，扯著我的衣服，我一生氣才那麼做的。」

林東道：「先別急著走，陪我在廟裏逛逛，我有個事想聽聽你的意見。」

邱維佳心想：這大廟有啥好逛的，但見林東像不似在說笑，所以也只好跟在他後面。二人饒過大殿中庭，往後面逛去，所過之處，隔不遠就有一座殘破倒塌的廟宇，大廟裡幾個老和尚年老體弱，也無力清掃打理，任倒塌的磚牆和橫樑堆放在地上。

「林東，你到底有什麼話要跟我講？」邱維佳陪林東走了一會兒，沒了耐心，忍不住問道。

林東笑道：「維佳，我打算在咱們鎮搞一個度假村。咱們鎮山明水秀，而且又有大廟這樣的千年古廟，你覺得如何？」

邱維佳道：「東子，原來你今天是帶我考察來的啊。」

林東笑道：「可以這麼說吧，你還沒回答我的問題呢。」

邱維佳道：「這破地方，斷壁殘垣，誰願意來看？哥們不是潑你冷水，但是必須提醒你，度假村這事你要考慮清楚。」

林東道：「有些人就是愛看破地方，我跟你說，咱們大廟比起有些地方後建的佛寺道觀要好很多，你看看這廟裏一株株參天大樹，這都是咱們大廟的資本。我覺得只要投入點資金做前期宣傳，度假村還是可以搞起來的。」

邱維佳道：「林東，你都有想法了，還問我幹什麼，事情都是人做出來的，雖然我不看好，但是我相信你的能力，只要你考慮周全了，就放手去做。我是沒你那資本和能力去折騰，否則我腦子裏的想法肯定比你多。」

林東笑道：「是啊，上學的時候就你鬼主意最多。走吧，咱們出去吧。」

二人出了大廟，邱維佳在門口遇到了個精瘦矮小的老頭，上前打了聲招呼。

等那老頭進了大廟，邱維佳才對林東道：「東子，剛才那人是誰，你知道不？」

「我不認識他。」林東道。

邱維佳道：「那就是王東來的爹王國善。」

「哦，剛才那老頭就是王國善啊，看上去像是只剩下半條命的癆病鬼似的。」林東腦子裏想著王國善的身材相貌，就是一個皮包骨頭的瘦老頭，也難怪柳枝兒說王國善沒她力氣大。

邱維佳點點頭，「王國善身體不好，鎮政府裏誰都知道，所以每年這老頭都到大廟裏上香。」

回到邱維佳家裏，林東道：「維佳，我得回去了，中午吃了午飯，我開車過來。」

邱維佳苦笑道：「家裏就我一人，也不會燒菜，就不留你了。」他把林東送到門外，看著林東騎著自行車走了。

林東沿原路返回，在中午吃飯之前到了家裏。

林母見兒子回來了，趕緊迎了上去，「東子，今天上香的人多不？」

林東把車支好，「太多了，擠不動的人。」

林母道：「人多好，人多菩薩才高興，才會保佑咱們。」

「媽，咱家的豬殺了？」林東問道。

林母搖搖頭，「還沒，下午殺，你爸被人請去幫半天忙，吃過午飯就回來。」

林東道：「媽，下午我陪維佳去一趟他老丈人家。」

林母道：「怎麼，維佳倆ㄇ子鬧彆扭了？」

林東道：「是啊，他媳婦回娘家去了，這不，明天就過年了，維佳說怎麼著也得把她接回來。」

林母進屋做飯去了，林東坐在門口曬太陽，不多時，聽見腳步聲，抬頭一看，柳枝兒來了。

「枝兒，你怎麼來了？」林東起身朝柳枝兒走去，笑問道。

聽到聲音的林母也從廚房裏走了出來，「枝兒，快請屋裏坐。」

「林大媽，我家酵母沒了，我媽說你家的酵母最好，讓我來問你家借一塊。」

柳枝兒圍著圍裙，雙手不安的摳弄著圍裙。

林母笑道：「枝兒，你等著，大媽現在就給你拿去。」

林東見林母進了屋，走到柳枝兒面前，低聲道：「枝兒，大海叔沒有為難你吧？」

柳枝兒也低聲道：「東子哥，你別擔心，我爹這兩天對我很好。」

這時，林母已經拿著酵母從廚房裏出來了，把東西遞給柳枝兒，「枝兒，我家酵母多得是，這一塊你拿回去，不用還了。」

柳枝兒點點頭，偷偷的瞄了林東一眼，端著放酵母的碗離開了林家。

柳枝兒走後，林母對兒子道：「東子，奇怪啊，這剛蒸完饅頭，誰家還能沒有酵母？」

林東笑道：「媽，你就別多想了，人家枝兒她娘不是說了麼，是咱家的酵母好才來借的。」

林母直搖頭，回廚房繼續做飯去了。

柳大海家這兩天頻繁的與林家走動，林東心裏清楚，這是柳大海希望趁早化解兩家的恩怨想出的招兒。

柳枝兒拿著酵母到了家裏，把碗一放，「媽，咱家不是有酵母嘛，非要我去東子哥家去借幹嘛？」

孫桂芳從灶台後面露出一個頭，「枝兒，這是讓你去試試東子他娘的態度，你去借的時候，她沒有說什麼難聽話吧？」

柳枝兒搖搖頭，「人家林大媽什麼難聽話也沒說，反而很熱情的把酵母拿給了我，還叮囑我說不要還了。」

柳大海走進廚房，聽到女兒的話，哈哈笑道：「好啊，老林家倆口子看來對咱家已經沒什麼意見了。」

柳枝兒一扭頭，走出了廚房，不想再聽父母說下去了。

「大海，今天下午你老老實實待在家裏，不要出去賭錢了。明天就過年了，瘸子昨天沒能把枝兒接回去，我怕王國善下午會親自登門，我一個婦道人家，應付不來他。」孫桂芳坐在灶台後面，一邊燒火一邊說。

柳大海嘴裏叼著煙，「行，下午我哪兒也不去，王國善要敢來，我還是一樣攆他滾蛋。」

柳枝兒在院子裏聽到父母的談話，心中滿心的喜悅，看來父母都是支持她和王東來離婚的。

林東在家吃完了午飯，就開車去了鎮上。到了邱維佳家裏，看到邱維佳正在吃泡麵。

「維佳，你爸媽也不管你啦？」林東問道。

邱維佳道：「老倆口也被我氣走了，中午沒回來，我估計是去我大舅家裏吃飯去了。東子，你坐，等我一會兒，我吃完咱們就出發。」

林東連連搖頭，邱維佳自小就是他娘手上的一個寶，什麼事都捨不得讓他做，飯來張口衣來伸手，導致現在做飯都不會。

邱維佳吃完了麵，抹了抹嘴，說道：「東子，咱們出發吧。」

二人走到外面，邱維佳把鑰匙要了過去，「去我老丈人家的路你不熟，還是我來開吧。」

林東把鑰匙丟給他，「你小子想開就直說，別找那麼多理由。」

邱維佳嘿嘿一笑，鑽進了車裏，林東隨後上了車。

「我說維佳，你就那麼空兩手去啊？」林東道。

邱維佳一拍腦袋，「不能空手去，我到前面的超市停車，下去買點東西。」到了鎮上的一家超市門前，邱維佳停好了車，就下車了，過了幾分鐘，抱著一箱酒兩條煙回來了，都放在了車的後座上。

邱維佳上了車，發動了車子，往老丈人家的方向去了。

邱維佳剛結婚一年，老婆是他在大專學校認識的同學，叫丁曉梅，娘家在懷城縣高林鎮丁家村。高林鎮距離縣城很近，但距離大廟子鎮卻有六七十里路，而且都是鄉間的土路。

下午兩點多鐘，邱維佳才將車開進了丁家村。

丁家村村民幾時見過那麼豪華的轎車，紛紛站在家門前觀望。

邱維佳把車開到老丈人家門口，老丈人一家看到轎車停在門口，心想親戚裏面也沒有這號闊親戚啊，到底是誰來了呢？邱維佳的岳父正走到門口，打算看個究竟。

邱維佳下了車，把東西從後座上拎了出來，林東也隨後下了車。

「爸，在家呢。」邱維佳見了老丈人，一臉堆笑。

丁老頭一看是女婿來了，氣不打一處來，順手摸了一根靠在牆上的棍子，怒氣沖沖的朝邱維佳走來。

林東眼見形勢不妙，趕緊上前攔住了丁老頭，「大叔，你先別動怒。」

丁老頭不知林東是誰，怒道：「你是誰？老頭子我的家事不要你管，你給我滾開！」

林東陪笑道：「大叔，我是你女婿的同學，今天是特意陪他來向嫂子解釋的。」

丁老頭就算再生氣也不會把氣撒在外人身上，他被林東擋著，打不到邱維佳，朝邱維佳罵了一會兒，消停了下來。上門就是客，丁老頭雖然不待見女婿，卻不能對林東失禮。

「小夥子，進屋坐坐吧。」

林東跟在丁老頭後面，進了堂屋，邱維佳的丈母娘趕緊給林東倒了杯熱水。

林東抽出一支煙，遞給丁老頭，「大叔，您抽煙。」

丁老頭伸手接了過來。

「大叔大嬸，今天我在鎮上碰見了維佳，他把事情跟我說了，其實就是一場誤會。麻煩你們把我嫂子請出來，我來跟她解釋解釋維佳衣服上的女人頭髮是怎麼弄上去的。」

丁老頭倆口子見林東這小夥子長相端正，看上去很老實的樣子，而且明天就是大年三十了，女兒要真是在娘家過年，左鄰右舍難免會說閒話。

「老婆子，你去把閨女叫出來。」丁老頭對邱維佳的丈母娘道。

邱維佳的丈母娘轉身進了房裏，隔了一兩分鐘，就見丁曉娟從房裏走了出來。

「林東，是你啊，是邱維佳找你來說情的吧。」丁曉娟道。

林東笑道：「嫂子，不是維佳找我說情來的，是我聽說了你們的事情之後，主動要求來，把事情的原委講給你聽的。」

邱維佳拎著東西站在門外，沒有老丈人的吩咐，他是絕對不敢進門的，否則很可能被老丈人一頓痛揍。

丁曉娟看了一眼門外的邱維佳，轉過頭來看著林東，「你說吧。」

「是這樣子的，臘月二十七號那天是我們高中同學的聚會，我在早上從你家接了維佳一塊去的，嫂子你是看見的。中午時大家在一起吃了飯之後呢，有人提議要去跳舞，那我們一夥人就都去了。嫂子你也知道跳舞嘛，難免要發生肢體接觸。你看的那根頭髮，其實就是我們某位女同學的，根本不是你想的那樣。」林東解釋道。

丁曉娟覺得他說的有些道理，「那怎麼解釋他那天晚上沒回家呢？」

林東招招手，「維佳，你進來。」

邱維佳看了看老丈人，丁老頭吼道：「進來吧。」

邱維佳進了堂屋，把東西放下，垂手站在一邊，大氣都不敢出。

林東道：「維佳，我問你，那天跳完舞，馬吉奧幾個喊你去賭錢，你去了沒？」

邱維佳腦筋轉得極快，雖然這一齣林東事先沒和他預演過，但也知道如何順著他的話往下說，「你又不是不知道馬吉奧那幾人，他們知道你不好賭錢，所以沒拖你去，我就慘了，被他們拉去賭了一宿。第二天我實在睏得受不了了，就找了個小旅館睡了一覺，所以下午才回來。」

林東朝丁曉娟笑道：「嫂子，我說完了。」

丁曉娟朝邱維佳看了一眼，「他說的是不是真的？」

邱維佳點點頭，「老婆，東子說的句句屬實。」

「那你今早為什麼不跟我好好說？」丁曉娟責問道。

邱維佳一臉苦相，「老婆，你想想你給我解釋的機會了嗎？」

女兒的脾氣丁家老倆口子是知道的，丁老頭聽林東說的滴水不漏，不管女婿到底有沒有在外面搞女人，反正女兒已經嫁給他了，總不能動不動就要離婚，所以就有心勸說女兒跟女婿回去。

「曉娟啊，我看你可能是誤會維佳了。倆口子過日子，哪能沒個拌嘴的時候？我和你媽年輕的時候也是這樣，三天兩頭鬧彆扭。明天就大年三十了，你要是不回去，你婆婆一家的年該怎麼過啊？」

丁曉娟一嘟嘴，「爸，我又沒說不回去啊。」

丁老頭哈哈笑道：「好，那就趕緊收拾東西回去吧。」走到邱維佳帶來的東西旁邊，老頭看看那煙酒，都是他喜歡的，臉上的笑容更燦爛了。

丁曉娟也沒帶什麼東西回來，和父母告了別，就跟著邱維佳回家去了。

邱維佳開車到了家門口，丁曉娟先下車了。

「兄弟，這回多虧你了！」邱維佳道。

林東笑道：

「維佳，做兄弟的奉勸你一句，你和凌珊珊搞在一起沒好結局，趕緊收手吧。這次我能救得了你，下次可就說不準了。常在河邊走，哪能不濕鞋啊！況且你還是公家單位裏的，吃的是皇糧，如果哪天事情鬧大了，對你的名聲不好，鬧不好連飯碗都砸了。」

邱維佳雙手插在頭髮裏，半晌才道：「我知道了，以後不會跟凌珊珊聯繫的。」

二人下了車，邱維佳把車鑰匙還給了林東，林東也沒在他家逗留，開著車朝鎮東去了。他把車停在了羅恒良家的門前，看到瘸子王東來坐在門口曬太陽，一直盯著前面的馬路，似乎在等什麼人。

羅恒良見林東來了，趕緊把他請進屋裏。

「乾爹，明兒是大年三十，你一人在家過年多冷清，去我家。明天我來接你。」林東是來請羅恒良明天去他家過年的。

羅恒良離婚了，又沒有孩子，父母也在前幾年都去世了，剩下幾個兄弟姐妹，不過關係不是怎麼好，當年家裏老人去世的時候，幾兄弟為了爭那點不值一提的家產差點動手，從那以後，幾兄弟的關係就一年不如一年。

林東清楚羅恒良家裏的事情，為了怕羅恒良每逢佳節倍感孤獨，就來請羅恒良去他家過年。

羅恒良連連擺手，「東子，不行不行，我怎麼能去你家過年呢，那不讓人笑話嘛。」

林東道：「乾爹，你認我這個乾兒子不？」

羅恒良點點頭，「當然認了。」

林東笑道：「那就成了，你是我乾爹，我家就是你家，什麼你家我家的，都是一家，既然這樣，去我家過年有啥子不行的？」

羅恒良笑了笑，忽然又咳了起來，林東趕緊把茶端給他，喝了幾口茶才止住了咳，等到回過氣來，才道：「東子，你乾爹說不過你，那好吧，我明天去你家過年。」

林東道：「好，那我回去了。」

羅恒良把林東送到門外，瘸子王東來站在林東的車旁，伸手摸來摸去。

「喂，王東來，你幹啥呢？」羅恒良吼道。

王東來不悅的道：「羅老頭，我看我大舅子的車，關你啥事？」林東和柳枝兒是一個村裏的平輩，算起來林東也算是他的舅老爺。

林東走到近前，瞪了王東來一眼，王東來卻是嬉皮笑臉。

「大舅子，不到家裏喝杯茶？」

林東進了車子裏，猛一倒車，直朝王東來撞去，嚇得王東來差點尿了褲子，好在車子在離他十幾公分的地方停了下來，等王東來回過神來，林東早已將車開走了。

「他娘的，開個好車了不起啊！你厲害，你有本事，怎麼讓柳枝兒跟了我？」

王東來嘴裏罵罵不絕。

林東開車到了家裏，見院子裏圍了許多村民，朝豬圈看了一眼，裏面那頭肥豬已經沒了，就猜到家裏正在殺豬。

林母見林東回來，「東子，換衣服去，過來幫忙。」

「好。」林東應了一聲，立馬跑回房換好了衣服，出來幫母親的忙。

林母不願意讓兒子身上沾到不乾淨的東西，所以只讓他遞遞東西。

忙到四點多鐘，日頭下山了，才算是把殺豬這件事全部忙完了，看熱鬧的村民也一哄而散。

林東給父親端去一盆熱水洗手，在林父洗手的時候說道：「爸，我去了乾爹那兒，讓他明天過來和我們一起過年的。」

林父抬起頭，「好啊，你乾爹能來，我高興還來不及。」

林母笑道：「東子，你爸和你乾爹這對酒友，一喝上就沒完沒了的講個不停，你把你乾爹找來，正對了你爸的路子。」

林父道：「孩子他娘，你就別囉嗦了，趕緊弄晚飯去，今晚整一桌殺豬菜，我要和兒子喝兩盅。」

林母笑道：「沒問題，我現在就去做。」

林東去外面茅廁上廁所，走到外面，看到西邊柳大海家的門前聚集了不少人，吵吵嚷嚷，似乎鬧開了。他趕緊走過去看看到底發生了什麼事情，走到近前，就瞧見了王國善站在柳大海家的門前在那破口大罵。

王國善氣喘吁吁的罵道：

「柳大海，你個鱉孫，我是你上級，你敢得罪我，敢不聽我的，好，我給你幾天好日子過，等過了年，看老子怎麼收拾你。」

柳大海堵在門口，一副無所謂的樣子，說道：「老王八，你不就仗著自己是個破鎮長嘛，還是個副的，你大不了把我拿下，你換別人，看誰能治得住柳林莊？要是能制得住柳林莊，我柳大海跟你姓。」他有絕對的自信，柳林莊除了他柳大海之外，沒人能鎮得住一夥子刁民。

王國善想往裏面硬闖，但他身小力弱，還沒到門前，就被柳大海一把推的差點四仰八叉摔倒。

王國善急了，罵也不管用，打又打不過柳大海，最要命的是最管用的官威拿出來柳大海也不吃他那一套。

王國善說道：「柳大海，你不能不講道理，柳枝兒是你閨女不假，但也是我兒媳婦，是不是？明天就是大年三十，就要過年了，你不讓她回婆家，你讓我們姓王的一家子人怎麼過年？」

王國善轉而對圍觀的人群說道：「各位鄉親，你們給評評理啊。」

柳大海在人群裏看到了林東，露出一絲不易察覺的笑容。

「王老頭，你找人來評理是不是？那好，我也可把我的道理說一說，請諸位評評理。你兒子把我家閨女打得生病了，到現在連床都下不了，我且問你，我閨女嫁到你們王家之後，你們王家有給她過一天好日子沒？孩子哪一次回來身上不是帶著傷的？我一而再再而三的給你兒子機會，希望他能對枝兒好一點，但是你兒子卻不珍惜機會。你以為我這個當爹的看到閨女被打成那樣，不心疼嗎？現在枝兒已經重病在床了，我告訴你王國善，萬一枝兒有個三長兩短，你就等著給你那瘸腿的兒子收屍吧。」

柳大海聲淚俱下的說了一大通話，在與王國善的再一次辯論之中，他仍然占了上風。

在柳大海幾個族內兄弟的帶動下，圍觀的村民開始喊起了口號：「姓王的滾回去，姓王的滾回去，滾回去……」

王國善陷入了絕境，孤立無援，惡狠狠的盯著柳大海，說道：

「柳……柳大海，你到底想怎麼樣？柳枝兒畢竟是嫁到了我們王家，生是王家的人，死是王家的鬼，你能讓她一天不回家，一個月不回家，難道你還能讓她一輩子不回家？」

柳大海道：「王國善，這個你放心，我徵求了枝兒的意見，經一家人商量決定，咱閨女不跟你兒子一塊過了。」

王國善顯得無比震驚，「你、你……什麼意思？」

「離、婚！」柳大海一字一吐的道。

請續看《財神門徒》之八　針鋒相對

財神門徒 之7 近鄉情怯

作者：劉晉成
發行人：陳曉林
出版所：風雲時代出版股份有限公司
地址：105台北市民生東路五段178號7樓之3
風雲書網：http://www.eastbooks.com.tw
官方部落格：http://eastbooks.pixnet.net/blog
Facebook：http://www.facebook.com/h7560949
信箱：h7560949@ms15.hinet.net
郵撥帳號：12043291
服務專線：(02)27560949
傳真專線：(02)27653799
執行主編：劉宇青
美術編輯：許惠芳

法律顧問：永然法律事務所 李永然律師
北辰著作權事務所 蕭雄淋律師

版權授權：蔡雷平
初版日期：2015年8月
初版二刷：2015年8月20日
ISBN ：978-986-352-170-9

總 經 銷：成信文化事業股份有限公司
地　　址：新北市新店區中正路四維巷二弄2號4樓
電　　話：(02)2219-2080

行政院新聞局局版台業字第3595號 營利事業統一編號22759935

定價：280元　特價：199 元

國家圖書館出版品預行編目資料

財神門徒／劉晉成著. -- 初版-- 臺北市：風雲時代，
2015.04 -- 冊；公分

ISBN 978-986-352-170-9（第7冊；平裝）

857.7　　　　104003800